머리에 고가철도를 쓰고

# 머리에 고가철도를 쓰고

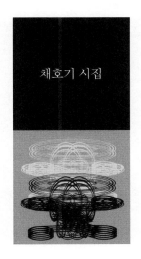

채호기 시집

창비

차
례

## 맨 앞에 괸 시

## 연습곡

## 더 작은 시작

## 네번 접은 풍경

맨 앞에 괸 시

# 맨 앞에 괸 시

그것은 너의 몸속에 그것을
묻을 그것의 흰 종이다.
그것은 너와 네 꿈으로 합산한 몸을 둥글게
말고 공처럼 벽에 던져졌다.

너는 그것의 머리를 묶은 바다를 풀어낸다.
그것은 작은 입술이 되어 너의 젖가슴 사이로 파고든다.
불을 끈다. 불꽃을 위해
종이에 담은 네 심장을 돌려주마.

시동을 켠다.
엔진 흡기밸브가 흡입한다, 공기와
휘발유가 섞인 혼합체를.
피스톤이 밀고 올라가며 실린더를 압박한다.

피스톤의 운동이 정점에 이르면
점화 플러그에 불이 붙고
내부에 가연성 화학물질이 폭발한다.
피스톤의 직선운동이 구동축의 회전운동으로 바뀐다.

오르다 오르다 천장에 막힌 고동치는 예민한 풍선들.
배기 포트가 개방되면서
폭발로 생긴 가스가
배기관을 통해 빠져나간다.

# 수레국화

수레국화가 너를 숙여 파란 물에 비추어본다.
너는 돌이 되어 검은 물에 비친다.
너의 고백이 밭게 끼인 돌들 틈에서 조용히 울린다.

물 밑에 한쪽으로 쏠려 누운 물풀들을 물결이 반대쪽으로
쓰다듬는다.
물에 비친 파란 꽃이 짧게 묻고 수레국화가 길게 대답한다.
푸른 말은 큰 귀를 세우고 코와 입을 푸르르 떨며 고개를
떨궜다가 꼿꼿이 든다.

잘못 튼 소나기가 굵게 쏟아지다 꼭지를 잠근 듯 뚝 그
친다.
흐트러지던 신음이 걷히고 수레국화가 젖은
너의 얼굴을 들어 시리게 파란 숨을 가쁘게 뿜어낸다.

## 향기밖에 없다

서쪽에서 부는 바람이 투명한 천을 펼친다.
목서초의 입안에 조용히 손을 집어넣는 죽은 사람.
침묵이 겁먹은 채 떠 있고 해안선에 고인 바다가 실명한다.

날개는 공기의 푸르른 일렁임에 가 닿고
향기밖에 없다.
광채밖에 없다.
어두운 세월밖에 없다.

해변 모래사장에서 모래 하나가 길을 잃는다.
이슬이 푸른 유리 대롱 끝에서 부풀어올라 새벽에 볼을
맞댄다.
부산스러운 게들이 물이 빠져나간 구멍에 태양을 파묻고
있다.

# 설산

가슴은 설산 꼭대기에 있다.
이끼의 녹색 올에서 산짐승의 파란 눈빛이 뛰어나온다.
전나무 높은 나무초리에 잠에 빠진 손들이 나부낀다.

힘차게 흐르는 암반 속의 물이 새들과 소리를 주고받는다.
푸름이 팔을 벌려 산을 끌어안는다.
암흑 속에서 돌같이 딱딱한 침묵 하나가 눈을 뜬다.

공기가 내뿜는 가시투성이 아래 산은 은색으로 문드러진
살을 노래하네.
오, 발톱을 깨무는 흰 꽃이여, 불 같은 눈이여.

# 눈 덮인 흰 산

눈 덮인 흰 산 위에
푸른 하늘
그
호수에 비쳤나, 잠겼나?
눈 덮인 흰 산
깨
어
나
던져진 새소리에
파문 이는 하늘

# 데칼코마니

풍경을 반으로 접어 찍어낸 듯
대지에 서 있는 것들이 물 위에 누웠다.
넓게 퍼지며 평평해지는 물은 침묵이지만
수면 위에 선명하게 인쇄된 지상의 목소리들.

고독한 하늘색 단층 건물이 물에 거꾸로 서고
외로운 부챗살 관목은 펼친 가지로 메아리친다.
고독과 외로움의 배경인 먹빛 산은 같은 먹빛의
환영을, 굽이치는 능선을 배지로 부착한다.

유리로 굳은 식은 강은 표면을 고정한 채 눈에
띄지 않게 구른다. 쉼 없이 교체되는 물방울의 연쇄.
하나의 표정을 조종하는 흩어지는 액체의 눈알들.

# 나는 기계다

얽힌 삶을 풀어내는
여러 요리 중의 하나

삶이 힘들 때는
기계가 되는 게 좋다……

기계, 딱 그것 말고, 기계

말랑말랑한 감정과 참고
뒤집어엎을 수 없는 정념이
끈끈하게 흘러……
베어링에나
맞비벼 열나는
마모되는 접속 운동의
윤활제가 되는……

인간, 딱 그것 말고, 인간

지난해 봄에서 여름까지

그 숱한 산을 넘는 고갯길들
해발 천에서 삼천까지
그 숱한 똬리에서 풀려나오는 밧줄들

두 발로 두 바퀴로
발도 바퀴도 아닌 그 사이
어떤 것이 길을 딛고 나아갈 때
심장도 엔진도 아닌
그 무엇이 부르르 떨릴 때

(사실 엔진은 없었다
얼굴이 전면 창유리였고
어깨와 팔이 운전대였으며,
사실 다리는 없었다
두 바퀴가 굴렀을 뿐
둥근 때로 네모난)

바람결에 실린 리듬이기도
땀으로 융합 배출되는 에너지이기도 한

인간이기에 어쩔 수 없이 겪는
탈진하는 정념…
…이……

정념이 한도에 다다랐을 때
기계에서 심장으로 솟구쳤던
정념을 운동으로 바꾼 말-행위

"나는 기계다……"
"이것은 기계다……"
인간 딱 그것 말고 기계
기계딱그것말고인간

# 아화

### 1

꿈속에서
근육을 파들파들 떨게 하고
이를 앙다물게 하는
꿈속에서.

감은 눈을 떠야 할 듯
눈꺼풀 아래 눈동자를
부산스레 굴리는
꿈속에서
나는 걷고 있었지.

거기 없다.
거리 표지판을 찾아서
아화
불타는 언덕을 찾아서.
거기 없다.
나는 한번도 가본 적 없는 곳.

아화
거기 없다.

바람 불어 꺼질까봐
성냥 대신 지포 라이터를 남방 주머니에 넣고
아버지 바지 주머니에서 훔친
라이터를 켜들고 거리 표지판마다 살핀다.
어두워서
사랑처럼 어두워서
나는 내 발길을 잃었다.

아화
어머니가 태어난 곳.
영천과 경주 사이에서
내 안에서 알약으로 녹아버린
아화
거기 없다.

내가 한번도 본 적 없던 외할아버지와

어머니 뱃속에서 똥통으로 빠질 뻔한 나를 살려줬던 외할
머니
  슬하에 두번째로 어머니.
  어머니 슬하에 다섯번째로

  나.
  거길 알지 못한다.
  아화
  거기 없다.
  차양을 내려라.
  덧문을 닫아라.


  신라 선덕여왕을 사랑했던 지귀.
  잠든 지귀 옆에 팔찌를 벗어두고 간
  꿈 밖의 꿈속 아름다운 여인.
  팔찌에 석양이 불붙고
  불이 마음에 옮겨붙어 상사병을 불태웠던
  종이에 주사(呪辭)로 남은 화귀.

"지귀가 마음에 불이 나
몸을 태우고 화신이 되었네.
멀리 바다 밖에 내쫓아
가까이하지 않으리."

아화
거기 없다.
사랑이 불탄 자리.
아화
불타는 언덕.

아화
어머니가 태어난 곳.
거기 없다.
내가 한번도 가본 적 없던
아화
불타는 언덕.

아화

내가 없는 곳.
깨지 않는 꿈이
진짜 꿈인
아화.


2


우록국민학교는 가창우록초등학교를 낳았고, 그전에 가창국민학교 우록분교에서 태어났다.

이후 가창초등학교 우록분교로 작동하다가 고장 나고 가창창작스튜디오 부품으로 새 연결 재작동하다 일시 작동 중지한 상태다.

어머니 뱃속에서 태어났지만, 어머니 또한 우록국민학교와 연결되었으니

우록국교 어머니, 두번의 연결이 나의 생산이다. (연결은 새 기계의 생산이면서 이전 접속 기계와의 절단이다.)


기억 없는 태어남은 모든 연결 관계를 끊고, 그 자체 고독체이면서 그 무언가의 부품이다.

작은 운동장은 낡은 두동의 교사와 연결하고 교사는 한그루의 벚나무에 쏟아버린 분홍 꽃사태를 생산한다.

　분홍 웃음은 바람과 먹구름을 접속하고 먹구름의 하늘은 교정을 둘러싼 대나무밭 술렁임과 연결한다.

　사각대는 시간의 웅성임은 완만한 능선을 낳으면서 조금씩 높아지며 하늘 시선과 겹쳐 먹빛으로 번진다.

　하늘 아래 남겨진 플라타너스 고목 한그루. 우록학교들의 연대기적 기계들을 회절 응축하는 시간 기계.


　시간-나무-기계에 접속하며 지금 이곳에 49의 선분에서 뻗어나와 57의 특이점을 들이받는 우록국민학교 사슴뿔의 감수성을 생산한다.

　먹장구름이 지그시 누르는 다홍색 벽돌 건물과 낮은 우미산 자락. 흰회색 모래 운동장과 거대한 플라타너스 하얀 기둥.

　공간을 거세게 밀고 당기는 바람이 고장 난 기계를 거칠게 두드리며 지금 이곳이 작동한다.

# 개안기

보이는 것의 보이지 않음.
바깥의 빛이 내부를 향해 돌아선다.

안구 개방용 기구에 고정된 눈꺼풀
강제로 눈 뜬 흰자위에
뾰족한 바늘이 점점 닿을 듯 다가오고
감지 못하는 눈동자가 끝내 보고 있다.

언제나 스스로를 거부해야 하는,
공백 안에서 보는 자신이 지워지는.

눈동자를 반성하지 마라.
바늘 끝을 향해 돌아서라.
날카로움이 보는 자를 흩어지게 하라.

주삿바늘에 맺히는 액체 방울
속의 공백. 보는 자 없이 보이는
안구 개방용 기구에 포박된 눈.

말하는 자 없이 시작도 없이
끝도 없이 계속되는 중얼거림.

보는 자 없는, 공백이 보는
끝도 없는 광경들.

아픔도 없고 느낌도 없이
텅 빈 감각으로 충만한 공백.

열중함의 외부로 흩어지는 무심함.
보는 것은 망각에 처해지는 것.

얼마나 보이지 않는가,
보이는 것의 보이지 않음.

# 재현

눈 안에 성냥을 긋는다
보고 있는 것들이 활활 타오른다
사라지는 현재

# 화관

주사기 바늘이 눈 흰자위를 찔렀을 때
흰 꽃받침 아래 작고 붉은 꽃이 피었다.
다음 날 한 친구의 급작스런 부고를
전해 들었다. 자살이었다.

오래전 옛 친구의 예기치 않은 전화.
목소리가 예전 그대로여서 늙음을
잠시 잊고 청년으로 돌아간 듯 수다 떨었다.
그렇건만 뒤늦게 전해들었다.
그 친구 폐암 진단받고
주변 정리하다 전화했단 얘기.

꽃가지 꺾어 선물로 주고받을 때
그 사람 눈에 오래오래 살아남아 있길 바라거늘,
꽃 꺾어 화병에 꽂는 건 생존을 잇는 게 아니라
자연스런 가장 완벽한 소멸을 목격코자 하는 것.

죽음은…… 시는…… 시간에서 시간을 떼어내는 일.

# 새소리 흉내

초록 숲, 초록 입술
누군가 공기 속으로 두레박을 내려
초록 거울을 깨뜨릴 때
두레박에 찰랑찰랑 넘치는
공기 물방울, 공기가 물이 되는 소리
던져진다 새소리 술렁인다
초록 숲 벌어진다 초록 입술
메마른 목구멍 갈증 벗겨내는
톡 쏘는 탄산의 입술
초록 입술, 초록 숲
초록 입술 새소리의 초록
"키스키승키성"

새들은 나뭇잎 뒤 어딘가에서
공중의 공구함을 부지런히 여닫는다
"홋쫑치당팅"—"일자 아닌 십자드라이버가 필요해"
"뼷종후빗쫑"—"바이스도 필요한데……"
"딱다다다다닥"—"너무 세게 고정하지 마"
"후꿩후그꿩"—"망치 내려놔"

"훗닥마처엉" "훗닥마청" "훗딱마청웅"
"휘리리꽁꽁꽁꽁공공공" ─"피아노 조율? 새소리 조율?"
"닭고조이고기름치자" 고장 난 초록 숲을
누군가의 망가진 감각을 망가진 언어를
"닭고조이고기름치자"

# 꿈

불어난 강물처럼 꿈이 흘러가네,
간밤에 빗줄기가 끝난 곳에서.
꿈에도 의식이 있다면, 꺾인 나뭇가지로 부유하는
의식은 물결의 정점에서 출싹대며 휩쓸려가지.

타자의 낯선, 바깥, 꿈은 사막의 메아리로서의 강.
물결의 고랑, 그 굴곡과 물방울 하나하나의 주름을
반듯하게 펴고, 그림자 없이 펼쳐내는,
꿈은 무서운 속도로 흘러가는 순간의 영원함이지만,

아침에 깨어나면 접힌 주름에서 다시 시작해야 하네.
꿈을, 테두리 없는 불안과 사물의 무질서들을. 지평선,
수평
선을 따라 오르락내리락하는 세상을…… 건너가기 위해.

# 미꾸라지

그렇다지 그러라지 미꾸라지
물에서도 흙에서도 아닌 거기라지
눈 감은 진흙 속으로 눈멀어지며 진흙 안 숨긴다지
자신을, 진흙 먼지-안개 피우며 눈을 지운다지

그렇다지 그러라지 미꾸라지
눈 없는 신체로 다시 태어나면서 태어난다지
자기 없는 신체로, 보지 않고 보이는 거기로 파고든다지
보는 것이 없지, 신체-눈이 보이지 않음을 보지

그렇다지 그러라지 미꾸라지
미끌미끌 미끄러지며 파고드는 것이 진흙 반 자기 반이지
자기 없는 미꾸라지, 미끄러지는 미꾸라지와 미꾸라지
그저 꿈틀거리는 움직임만 남은 미꾸라지

그렇다지 그러라지 미꾸라지
꿈틀 운동이 아마 머릿속 뇌가 움직이는 사유라지
사유를 켜는 스위치는 늘 사유할 수 없는 거기 있지

그렇다지 그러라지 미꾸라지
파고드는 음핵 주위 살들의 수축과 긴장 거기라지
꿈틀거림 신경 뇌관의 격발 순간 확장하는 너울거림이지
너울거리는 신경 스피커의 하울링이 눈과 뇌의 화이트아
웃이라지

그렇다지 그러라지 미꾸라지
사유 불가능을 파고드는 불가능의 끝없는 꿈틀거림 미꾸
라지
오르가슴 화이트아웃에서라지 아마, 사유 촉발 스위치

"그렇다지 그러라지" 말하는 너는 누구지?
글쓰기 속 문장 안 단어 안에서 안으로
외부가 없는 꿈틀거림이지

그렇다지 그러라지 미꾸라지
꿈틀거리는 외부 없는 내면으로 맹목이 파고들며 파고
들지
기계 미꾸라지

그렇다지 그러라지 미꾸라지

# 1과 2의 노래

1은 0이다.
반복이 없다면,
거울에 비친 이미지가
너를 지각할 수 없다면.

메아리가 너를 되찾아
귀로 날아들어 어두운 통로를 헤맨 후,
목구멍으로부터 뱉어져 젖은 날개의
시체로 네 눈에 보이지 않는다면.

1은 입 벌려
밤 등불에 수없이 꾀어드는
부나비들의 쉼 없는 비행로를
되감기 영상으로 역행해 보여주듯,
입-등불에서 눈 감은 질척한 밤으로
부나비들을 끝없이 날려 보낸다.

부나비들은 진흙 밤으로 흩어진다.
부나비들은 고갈되지 않는 지껄임!

말들은 입에서 쏟아져나올 뿐,
제가 나온 구멍을 명명하거나 지시할 수 없다.
1은 입이 아니고 입을 닫을 수도 없다.

2는 1과 1.
사랑의 함수 1과 1.
1과 1의 우연한 조우,
만남이 있고서야 비로소
1은 0이 아니다.

2는 돌발한다.
2는 1과 1의 통로.
1의 얼굴과 1의 얼굴의 맞대면.
1은 1의 얼굴, 대면조차 알아챌 수 없어
알 수 없다는, 낯선
것이 감당할
측정할 수 없는 공포.

1과 1의, 피할 수 없는
대면을 피하기 위해 1은
1을 닫고
1에게 자신을 강요한다. 공포가
폭력이 된다, 쉽게. 어차피 1은 1이니까
1은 희생한다. 2는 사라진다.
1만 남는다. 1은 0.


그는 바늘이 튀는 레코드판이 되어 거듭거듭 상기한다.
1과 1로부터.
　마주 보지 않았지만 그의 눈이 그녀의 눈 속에 있었다.
　둘은 따로 보면서도 함께 볼 수 있었다.
　초여름의 공기가 숲을 테우고 있었고
　하루살이 날벌레들이 더운 김이 되어
　두 뺨을 쪄 촉촉이 적셨다. 사방이 트인
　개활지였다. 숨을 수 없었고 확장되었다.
　그녀가 누웠고 태양 때문에 눈을 감을 수밖에 없었다.
　그가 누웠고 그 위로 그녀가 엎드렸다. 그녀가 눈을 떴다.
　뜬 눈 속으로 그가 들어갈 수 있었다. 그가 눈을 떴다.

둘은 따로 보면서 함께 볼 수 있었다.
시간은 정지하고 둘은 움직였다.
둘은 정지하고 갈대가 일렁였다.
풀들이 움직이고 개활지가 고요하게 진동하고
멀리 나무들이 진동했다. 둘은
정지한 채 그렇게 일렁이고 진동하고
움직이기를 멈추지 않았다.

# 얼굴

김 서린 거울 앞에 누군가
서 있고, 오랜 시간 살금살금
베일을 말아올리듯
김이 걷히면, 거기 누군가의
얼굴이 슬그머니 나타난다.

밤이 수은이 되는 창에
입김을 불어 흐리면, 밤도
창도 입김의 입자가 되어
부유하다 순식간에 사라지고
거기 재빠르게 나타나는
낯선 얼굴. 다시 입김의 막에
가려졌다 순식간에 떠오르는
또다른 낯선 얼굴. 창에
얼굴의 강이 흐른다.

거울이 아니라면 태어나서
한번도 본 적 없던 자신의
얼굴을 어떻게 그 얼굴이라고

확신할 수 있을까? 누구든지
타인의 얼굴에 비치는 얼굴을
자기의 얼굴이라고 알은척 깊이 숨긴다.

(수피를 찢고 나오는 새순이
잎눈에서 한껏 움츠렸던 날개를 펼쳐
잎이 되는 타임 랩스 영상은 참으로 역동적이다.
하지만 나무 앞에서 장면 하나하나를
눈으로 담아내기란 오랜 시간이……
생성 역량의 미세하고 다양한
물결이…… 시시각각 꼴 만들었다
허무는 기나긴 흐름이 필요하다.)

미소가 피어오르는 얼굴.
'피다'라는 동사의 느낌에서 슬그머니
꽃눈에서 오랜 시간 한잎 한잎
꽃잎을 펼쳐내는 꽃 신체가 나타난다.

미소가 얼굴에 피어나기 위해서는

저 속내에 감춰진 내장의 부분 부분들이
저마다 웃어야 한다.
그 기운이 얼굴 피부 표면으로
기어 올라오고 맨 먼저 입꼬리가
웃는 것 같지만 귀, 눈꼬리,
주름, 속눈썹, 눈썹, 코 들이
저마다 고독하게 웃어야 한다.

그때 타인의 얼굴에서 자신의
얼굴을 건져올리는 그 누군가는,
밤늦은 시각 귀 아프게 시끄러운
고요가 잡아당기는 강에서,
익사한 얼굴이 수면에 잠겼다
떠오르는 반복되는 리드미컬한
광경, 혹은 물 위에서
그 광경을 연기하고 연기하는 얼굴인가?

# 왜? 뭐?


끌어당기지도 빼앗지도 않는 텅 빈 눈동자였지.
목제 계단을 올라 단단한 콘크리트 바닥을 디뎠을 때
얼굴 근육을 모으면서 왜? 뭐?라고 묻는 듯했지.
심장이 멈추고……
의도와는 상관없이……
무엇에 팔려 집중했나 생각할 겨를도 없이……


그다음 이어질 동작을 잊은 채
잠시 멍하니 텅 빈 눈동자에 붙들려
길을 잃었지.
의식과 육체 전체가 젤리처럼 말랑말랑해져……
아니면 자잘하게 부서져……
텅 빈 구멍 속으로……
왜? 뭐?라고 묻는 얼굴과 표정이
어떤 다른 현재로 이어지는 통로인 듯
눈동자 주위는 초점이 흐려져 지워진 듯
다른 인체는 삭제돼 끝 모를 터널의 입구인 듯
텅 빈 눈동자 속으로……

그게 갑작스럽게 자리하는 어떤 기억이었다면
그럴 수도 있었겠지.
잠시 생각만이 여기를 떠났다가
돌아올 수밖에 없었겠지.
잠시 낯설고 어색했겠지만
생각 외부까지는 달라지지 않았겠지.

육체는 참 이상해.
살, 생각, 이것들이 독립해 있는 것 같지만
어디까지가 살이고 어디까지가 생각일까?

마주친 너도 참 이상해.
어디까지가 너이고 어디까지가 나인가?
콘크리트 바닥은? 개체와 개체 사이
빈 공간은 비어 있나?

이 모든 게 연결되어 있지 않다면
전혀 달라진 지금 이것들은 무엇인가?
이것만이라고 여겼지만

이것은 또 얼마나 여러겹인가!

돌아오지 않는다.
돌아올 여기도 없다.
시시각각 달라지는 순간의 종합과 미분인가?
묻지, 왜? 뭐?

# 내다보던 창 하나

애틋한 사람이 그녀에게
무엇 때문에 끝내야 하느냐고 물으면
그녀는 실내를 가로질러
문 앞에 설 수밖에 없다.

조금이라도 설명하려 한다면
그녀가 없어진 자리에
단호하게 닫힌 문이 있을 것이다.

누군가가 그녀에게
도대체 무얼 끝내느냐고 묻는다면
그녀가 되어 창에서, 건물과
건물이 약간씩 어긋나게 맞물린
사이사이, 오후의 시간이 숨긴
길을 내려다볼 수밖에 없을 것이다.

그녀가 느릿느릿 길을 걷는다.
큰 건물이 그보다 훨씬 큰 그림자를 지그재그로 드리운다.
두겹 세겹 겹쳐진 그림자가 빛에 강하게 대비될 때

그녀는 그림자 없는 점이다.

시선을 한계 짓는 창의 프레임 거의 가득
벽면이다. 7의 벽이 끝나는 왼쪽 허공 3
그 비례가 말 없는 벽을 말이게 한다.

그녀는 벽이 된다. 프레임을 수직으로 자르는
벽 선이 흰 허공과 흰 벽을 나누는.
시선을 줌아웃 하면 크고 높은 건물,
홈처럼 작게 검은, 그녀가 내다보던 창 하나.

# 산으로 솟다

외부의

시장 좌판 위 문어
방금 물을 뒤집어쓰고 번쩍이지만
정좌하고 무겁게 앉는다.
수조 안에서 유리판에
빨판을 붙이고 시선들을 흡입할 때
가끔 발을 휘저어
꿈틀거리는 산등성이임을 알리고

바닷속에서 암초 사이
수초 사이 지나며 유영할 때
발을 가지런히 모아
유선형 어류의 꼬리 모양
물을 부여잡아 방향을 튼다.

철퍼덕 내려앉은 문어,
산은 수천만년 전부터 거기 있다.
움직임 없는 무생물 같지만

시선을 빨아들이는 빨판만 아니라면
시시각각 변모하여 형태 없는
순간순간의 변양을 포착할 수 있을 것.

바다가 평평한 평면이라면
솟아올랐다 가라앉고 모양 만들었다
부서지고 출싹대는 수많은 형태들은
어떤 무리의 바다라 불러야 하는가?
산은 삼각형의 움직이지 않는 거대한 물체,
대지 위에 철퍼덕 내려앉아 있다.


### 내부의

산은 멀리서 볼 때는 실체이지만
접촉하기 위해 다가가면 사라진다.
발을 받치는 빤빤한 흙, 패거나 불룩하고
다양한 크기의 사발을 무질서하게 쏟아놓은 듯
다양한 크기의 웅덩이와 구릉을 흩뿌려놓았다.

기울기가 제각각이지만 고집 센 선이
한 지점에서 한 지점으로 높낮이만큼의
각도를 갖는다. 비록 그 선이 구불구불하여
제멋대로고 도중에 끊겨 다른 선들과 합치기도 하지만
꼭짓점을 향한 고집과 기울기는 버릴 수가 없다.
무수한 흙-선들이 뻗고 겹치면서
세밀한 연필화를 그리고 덧대면서
때론 모나고 각진 입방체, 대체로 둥그스름한 입체의 흙.

진득진득한가 하면 푸석푸석하고
바닷가 근처에선 체로 거른 듯 고운 모래이지만
바다에서 멀어질수록 굵고 거친 모래…… 잔돌……
물에 잠겼다 서서히 수면이 낮아지며 드러나는 돌처럼
흙 속에서 묻은 흙을 채 털지도 않은 채
딱딱한 몸집을 드러내는 흙에 감금되었다 탈출하는 돌.

바다에 흩어진 섬으로 돌들이
손이나 팔, 다리, 어깨, 배 등등
신체의 부분들을 내밀면서 몸짓의 말을 건넨다.

그러다…… 말로는 늘 부족하니까 흙 위에 바위!
흙-선들 위에 기형 혈관인 양 책 한권, 도서관 한
채를, 고딕체 대문자를 우뚝 세운다.
둥그스름한 입체 위에 날카롭고 모나고 각진 입방체.

그러나 흙은 숨겨져 있다.
풀이 군데군데 풀꽃들로 웃음 지으며
표면에서 감도는 풀의 종류만큼 주름진
피부가 때로는 밝게 때로는 어둡게
산 전체를 감싸고 있다. 군데군데 풀 없는 피부는 공지다.

나무! 나무는 저 홀로 완벽한 하나의 세계
바로 옆 나무도 동종의 근친이 아닌 외부일 뿐 오히려
나무를 테두리 짓는 공기보다 더 낯선 타자.
태양의 소리에 민감하여 위로 위로
햇빛을 가리는 그 어떤 것보다 더 높이높이 솟는다.
나무의 치솟음은 가지 끝 잎의 표면에서 시작하는가,
뿌리에서 시작하는가? 산의 혈관인 뿌리,

흙을 밟으면 몸속의 피들이 발끝,
발가락들과 발바닥이 흙에 닿는 경계면
으로 몰리면서 출렁이는 파동이 구석구석,
반대편 머리끝까지 번져 움직이는 것이
핏줄을 통해 핏줄을 감싼 근육들에 느껴진다.

밟는 압력이 흙에 덮인 핏줄을 누르고
산의 혈류에 가속도가 붙거나
흐름의 방향이 바뀌면서 산 전체 뿌리 망,
성기거나 촘촘한, 구멍 나거나 뻗쳐 나온,
교차하고 맴돌고 형태 없이 뻗어나가는
혈액 유속을 통해 흙 알갱이들의 위치를 바꾸고
크고 작은 돌들을, 내리누르는 바위들을,
기는 벌레들을 미세하게 두드린다.

발 한번의 디딤이 산에도 몸에도
비슷하지만 제각기 다른 사건을 낳았다.
사건이 산과 몸을 순간적으로 연결한다.

연결은 짧은 순간 사라지지만 각자에게 흔적을 남긴다.
산에도 몸에도. 벌레의 흔적이 몸에,
몸의 흔적이 벌레에 쌓인다.
나무 위에 앉은 새의 피에도 진동이……
혈류의 변화를 느낀 새가 나무를 떠나
공중을 몇바퀴 선회하다 다시 나무로 돌아온다.

산의 심층으로 내려가면 무엇을 만날지,
푸른 별의 반대편, 흙이 아니라 물에 닿을지도 모른다.
예전에도 지금도 심층이 솟구쳐 올라온다. 산의 솟음!


## 외부에로

손이 놓여 있다.
자연스레 뻗어내린 손가락들과 손등이 비스듬히 기댄.

보호하려는 듯 감추듯
감싸려는 듯 따뜻하게 덮어주듯이

멀리에서도 바닥에서도
거리와 집, 일상의 잡다를 넘어
무슨 순수, 어떤 극복의 상징물

하얀 손, 거친 손
섬세하고 투박한, 투박하고 섬세한 손이

다른 신체는 잘라낸 듯 삭제하고
오직 손에 집중하기 위해 생략한
손의 얼굴과 표정을 붙잡고 있는

거대하고 도톰한 손이
저기, 저곳에, 시간의 격류를 누르고
늘 있는 거기에.

## 느리게 걸어가듯,
## 보다 조금 빠른

새벽녘이나 저물녘, 숨 쉬는 걸 자각하는,
그땐 무엇엔가 주의를 기울이고 있다.
무엇인지 명확하지 않다. 외로움이 자신을
쓰다듬게 했으나 그 무엇이 자신인지 명확
하지 않고 헤매고 떠돌고 흩어진다.

살아 있다. 숨 쉰다. 들숨 한번 날숨 한번.
날숨에 날벌레 뀐다. 흰 도화지에 마구 문지른 궤적.
날숨에 희미하게 소리가 묻어난다.
노래는 그렇게 시작된다.

노래에 얼굴이 있었던가? 돌아선 새카만 뒤통수,
팔이 있는지 없는지, 비에 젖은 나무둥치였던가?
다리가 있다, 뒤돌아서 멀어지는 다리,
멈칫멈칫 정지할 때 간신히 뒤돌아보는
연약함. 들숨에 사그라지는 얼굴, 날숨에
공기의 미립자 뒤로 숨는 연약함.

노래는 슬픔 안을 휘저어대는 안타까움을 더듬는다.

발이 있다. 공기 중에 발 없이 떠다니더니……
다리에 이어진 발, 지면에 부스럭거리는 발.

희미해져가는 노래의 최소치가 가까스로
날숨에 달라붙는다. 배회하던 발이 멈춘다.
　침묵…… 죽음 가까이…… 들숨…… 긴 공백…… 날
숨…… 끊김
　……이어짐 ……날숨에 끊어질 듯 탄식이 묻어난다.

사방이 어두운 벽, 내디딜 곳 없는 낭떠러지에
무엇인지 명확하지 않은 그 무엇을 찾아 길을
잃고 헤매는, 움찔거리는 발. 죽음 가까이……

연약함이 발을 본다. 연약함이 발을 움직인다.
죽음을 딛고 날숨의 입, 들숨의 코가 돌아온다.
노래는 그렇게 새롭게 시작한다. 점점 멀어지면서
희미하게……
느리게 걸어가듯……
보다 조금 빠른……

돌아보는 얼굴이 빛난다.

* 이 시는 슈베르트의 피아노 소나타 20번 A장조 D.959 2악장 안
  단티노의 느낌을 들리는 대로 홀린 듯 따라가며 썼다. 그후 미발
  표 원고 상태였던 이 시는 음악과 그림과 시가 상통하는 느낌의
  흐름을 따라 화가 서정임의 전시회 〈Forest of People〉 속으로 고
  백하듯 잠수한다.

# 모래

옅은 파란색 나무 창틀 밖을 바라보니
모래언덕이 있다. 어떤 건
구릉이 낮아 내려다볼 수 있고
어떤 건 올려다봐야 할 정도로 높다.

이렇게 멀리 간격을 두고 볼 수 있어 다행이다.

모래언덕에 가까이 가고 싶다. 모래 한알 한알이
어떤 모양으로 다른 모래들과 접촉하고 있는지
봐야 할 것 같다. 모래의 표정이 어떻게 다른지
확인해야지. 확인할 수 있을까?
모래가 무슨 생각 하는지, 모래 한알 한알이
모두 제각기 다른 생각을 한다면, 모래가 다
합쳐서 생긴 모래언덕은 어떤 생각의 언덕일까?

이렇게 멀리 있어 애석하지 않다.

모래가 보는 건 뭘까? 볼 수 없지. 볼 수 없다면 모래가
느끼는 건 뭘까? 그 느낌이 감각이 아니라면 어느 방향을

향해 있을까? 지향하는 게 있다면
모래의 힘이 그 방향으로 쏠릴 것인가?
모래언덕이 끝나가는 먼 지점에서 소나무 숲이
이어진다. 모래밭은 계속된다. 소나무들은 수평의 모래밭
에 수직이다.

이렇게 창틀 안에 있다.

창과 창틀 사이, 창틀 바닥에도 모래가 있다.
일일이 헤아려보기에는 많은 모래이다.
널판 벽에도 모래가 묻어 있다. 모래 얼룩은
제각기 다른 각각의 모래들이 서로 떠받치거나
끌어당기거나 조립된 부품처럼 연결해 있다.
마룻바닥에도 혈흔처럼 군데군데 모래 무리가
흩어지며 식탁에까지 이어진다.
모래를 보는 것은 주목하는 정신이 모래에 최대한
근접해 있다는 것. 물론 모래만 보이는 건 아니고
주변에 다른 것들이 함께 보인다.
어디까지, 어떤 것들까지라고 특정할 수 없이 모호하다.

시야는 느낌으로 온다.

간간이 모래만이 보일 때도 있다. 그때는 모래의
느낌이 보는 것에로 향해 있는 것일까?
모래는 보는 것과 무관해 보인다. 모래는 모래들끼리
집중하는 것일까? '모래처럼 흩어진다'라는 말과는 달리.
그래도 모래는 창틀 안에 자신을 보는
것들의 주위까지 모래알들을 파견한다.

여기는 모래의 세상이다. 모래 세상에 집이
들어섰다. 모래는 오로지 바다와 경계를 짓는다.
여기는 모래와 바다의 세상이다. 모래는
바다를 향해 있고, 바다는 모래를 향해 있다. 모래
구릉과 바다 구릉의 정신은 같은 흐름의 에너지일까?
모래와 바다의 내적 체험과는 달리
보고 있는 정신은 스스로 자각하는 가려움이다.
조금씩 조금씩 모래가 되어가는 가려움.

# 한쪽 눈은 노랑 한쪽 눈은 파랑

높은 창문을 사랑한 양철판
그것은 사랑이 착상한 거짓말.
거짓말의 붉은 상처에 입 맞추는
그것은 털 난 천사들.

입을 오므리는 봉오리 봉우리
하얀 머리 굼실굼실한 태백산맥
그것은 석탄이 쏟아져나오는 구멍.

양들이 언덕을 뜯어 먹는다.
그것은 베개에 웅크린 분홍색 찻잔.
분홍 누비이불이 잠든 숲의 맥박을 잰다.

잔디밭 위에 턱이 열리고 닫히는
그것은 기름이 주입되는 늘 같은 악몽.
성급히 깨물어 먹는 입안의 사탕 같은 키스들.

머리는 반원형 개수대인데 배수관은
왼쪽 심장을 누르며 등으로 이어진다.

그것은 커튼 뒤에 감춰진 미닫이형 창문 레버.

오렌지색 탁자 위에 유리 재떨이 하나가
계산서를 누르고 있다.
그것은 벗은 여인의 피부를 목까지 끌어다 덮고
그것은 카메라 뷰파인더가 눈 맞추는 도로의 끝.

목이 굽은 램프 곁에 수그리고 앉는
말라르메의 새벽이 반들거린다.
그것은 그 무엇으로도 환원되지 않는
언어의 예측할 수 없는 유희.

눈은 이마의 밝음 속으로 들어가
눈동자가 보는 내부의 시선으로 뻗고
그것은 감색 코트를 타고 흘러
손가락에 끼운 담배 연기의 백색으로 종이에 남는다.

길의 한쪽 눈은 노랑 한쪽 눈은 파랑.
아침이 노란 건물의 검은 창들에 입 맞춘다.

그것은 파란 수영장에 일렁이는 흰 무늬를 바라보는 빨간 공중전화 박스.

문을 쾅 닫고 푸른 블라우스 고독을 찢기 위해서
거리는 하늘이 낮게 내려 점령하고
허벅지는 구름을 숨긴 채 꽉 닫혀 있어.
그것은 각자의 욕망이 돌리는, 너무 많이 느끼는 변속 기계.

# 블랙박스

빨간 회로와 노란 회로를 자르고 파란 회로는 남겨둔다.

자른 회로들을 새로 연결하고 desk lamp는 라디오로 변신
한다.

낙엽송은 가을에 노란 잎을 잘라내는 송이다.

송에는 도끼를 든 손이 숨어 있다.

체모를 잘라낸 모낭은 새 체모를 연결한다.

모낭은 전구 형태의 연장통에 커터칼과 용접기를 구비하
고 있다.

radio의 심해에는 데스크 램프가 숨어 있을까?

깊은 어둠은 끊이지 않은 약한 숨을 떨고 있을까?


2

청석돌 푸른 물에 붓꽃×물고기가 빠르고 민첩하다.

손을 담그면 손가락들에 비늘의 감촉이 장갑 낀다.

물고기들은 쉴 새 없이 지껄이지만, 입 벌릴 때마다

속 알갱이들을 꺼내 둥싯둥싯 말풍선을 띄운다.

물 반 자갈 반에 자갈이 파도를 올라타고

자그락대는 목소리로 수평선 위 뜬구름을 부른다.

손이 돌 밖으로 튀어오르며 물고기 $n$ 승의 붓꽃을 수화로

대답한다.

"침대는 구름이다.""물은 수장됐다.""파도는 자갈이다."

# 못과 끈

단 하나가 여타의 것과 확연히 구분된다.
이 복도에서
이 방에서
목살에 파고든 죽음이 묻은 끈.

단 하나의 못이 여타의 못과 구분된다.
기능의 못과 달리 못 자체가 불룩 튀어나온 나무 가구.
나무는 찢어지고 못은 악쓰듯 말한다.
말은 들리지 않고 보이는 대로다.

못은 가구를 비집고 파고들지만, 가구 나무는 무심하다.
끈은 못의 빛나는 신체에 악착같이 매달리지만
못과 끈 사이는 텅 비어 있다.
텅 빈 공허의 무게가 애끓게 끈을 잡아당긴다.

공, Śūnyatā의 발끝 ā가 바닥에 닿을락 말락 떠 있다.
수냐타의 머리 Ś는 터질 듯한 피로 부풀어오르고
공, 수냐타의 목 ū에 끈이 살을 뚫는다.

죽음은 없는, 공,이지만
죽음은 무심한
끈, 나무, 못 사이에, 공, 잔인한 있음이다.

# 정처 없는 길

정처 없는 길이 저녁이 되면

물, 돌, 벌레, 공기, 쇠,
시멘트, 고기, 아스팔트, 전봇대,
나무, 살, 뼈, 풀……

모든 물질의 감각들이
하늘에서 불탄다.

눈 속에 하늘이 있다.
눈은 재 없는 어둠을
순식간에 더 큰 어둠으로 차단한다.
눈꺼풀이 아궁이를 닫는다.

귀의 열린 문틈으로 빨간
입천장이 엿보고 혀를
바르르 떨며 뒤트는 코

이빨이 그 무언가로 이행할 혈로를 정성들여 씹고

피는, 움직임은, 정처 없다.
얼굴의 끝에서 힘이 동터오고 있다.

# 그렇게 너는……

창문에 입김 불어 이름을 쓴다.
막 그은 성냥 불꽃으로 화라락 날개 치다,
희미해지고, 속삭이다, 없어진다.
그렇게 너는 존재한다.

눈 내린다. 바다 위에.
닿는 순간 사라진다.
존재했다고도 할 수 없는
짧은 생이 될 것이다, 너는.

그러니까 너는 존재한다.
눈 뒤에 눈, 또 눈
그침 없이 내리면서,
일렁이는 검은 물결이 흠모하는

검은 하늘에 바늘구멍을 뚫는
흰 점, 무수한 성운으로.
그침 없이 내리면서, 바다에 비치면서.

자신들끼리, 또는 멀리까지 서로 점멸하며
칠흑의 밤 반짝임으로 생멸을 거듭하며
그렇게 너는 존재한다.

# 반대편 사면에 요동치는 기우는 빛

펼쳐지는 풍경 속에는 눈앞에 보이는 것들과 누군가의
꿈이, 잡을 수 없는 무한한 것들의 순간순간
변하는 모양들, 빛과 어둠이 교차하는 수평과
수직이 공간을 짜고 있네, 시간의 느린 걸음으로.

그곳에는 곧 사라지고 말 것들의 들리지 않는 호소들이
들끓고 있다. 열기 때문에 빛난다. 아니
빛난다기보다 안타까운 비명들이 소리로 보이지 않고
색깔로 들리는 것. 그러나 풍경 속에는

정적과 고요만이 있다. 스러져가는 저녁 햇빛을
받아 유난히 밝은 불꽃 다발인 매끈한 돌의
노란색 이마, 그게 고요의 기계장치일까? 기울어진
각도 때문에 빛이 산란하여 사물의 테두리가

뭉그러지고, 덧씌워지는 노랑의 짓뭉갬에 짓물러
흐려지지 않고 양각으로 돋는 가지 없는
소나무의 초록빛, 보는 이를 쳐다보는
초록색 눈, 그게 정적의 기계장치일까? 아아!

시시각각 재촉한다. 어둠이 곧 덮어버릴
이 빛나는 색깔들이 제각각 팔을 내밀어본다.
닿기 위해 안간힘 쓰며 팔이 빠지도록
내민다. 허리를 굽히고 까치발 들고 보는 눈을 움켜쥔다.

# 눈꽃

겨울에 시간이 보인다.
나무를 다 비우고
거기, 가지를 도톰하게 두른
얼음 갑옷으로 반짝인다.

한덩어리 물을
두 시간으로 나누어
표면의 두께는 멈추고
심부는 흐른다.

시간은 멈추고 동시에 흐른다.
현재와 그 전후인 과거, 미래인 양.
멈춘 시간 위에 서면
유리 저쪽의 흐르는 감촉이
발바닥 위에 간지러운 주름선을 보인다.

# 다시 돌아오고 있다

제주 오름에 오르면 하나씩 작은 분화구가 있다.
산의 내면으로 들어가는 입구.
오름에서 내려오며 문득 생각한다.
땅속에서 다시 돌아오고 있다는 걸.

배를 타면 너는, 육지에서 사라진다.
기차를 타면, 너는 사라진다.
창문에 이름을 쓰면, 너는 사라진다.

네가 보낸 엽서를 받는 순간, 너는 사라진다.
받은 엽서를 펼쳐 읽는 순간, 나는 사라진다.
너를 만나려고 나는 꿈을 타고 갔다.

너는 산의 내면에 존재하는 것들 속에 있다.
너를 쫓아 땅속으로 내려간다.
네가 없는 엽서의 신비가 나의 순간이다.
너는 신비 속에 있고, 저기 뒹구는 식은 돌 속으로 나는 사
라진다.

## 돌들로 말하지

깨어났을 때 너는 돌 속에 있었어.
네가 돌이라고 생각지 않았는데도
전나무 아래 버려진 듯 있었지.
네가 두 다리로 걸어 여기로 온 듯이.

전나무 잎들 사이로 반짝이는 것이
너를 두드리기도 해. 밥 먹다 말고
창 유리면을 무심코 젓가락으로 치듯이.
창밖에서 누군가가 너를 보고 있다는 듯.

너는 돌이라고 기억하지 않아.
네 심장이 차가운 돌이라고,
절망이 굳어 너를 두르고 있다고.
너는 말하네. 다시 말할 수 있을 거라고.

네가 목소리를 갖게 된다면,
물의 세찬 흐름일 뿐. 물속에 담긴
너는 물소리로, 아님 근처 흩어진
많은 돌로 말하지. 이상하다.

전나무 밑, 주름진 흙과 공기는
네 세상이 아니야. 왜 여기 있지?
왜 너는 돌이 아니라고 생각할까?
왜 돌이지? 지금껏 기억해내려 깨어났을 때.

# 모두 품에 안는다


돌은 뛰어내리는 아이들을 모두
품에 안는다. 햇빛이 반짝인다.


확 번지는 웃음들. 불붙은 돌들 사이에서
그는 당신을 읽는다.


감아쥐는 그의 몸이 햇볕에 따뜻해진 돌을 움켜잡는다.
그가 당신의 뺨을 잡고 입을 맞춘다.


물이 돌에 부딪쳐 찰싹찰싹 속삭인다.
그는 당신의 부동에 찰싹찰싹 시동을 건다.


모터는 꺼지지 않고 그를 펌핑하고
물은 당신에게 스며들듯 헤엄친다.


밀려오고 빠져나가는 그의 물살에
돌의 끄떡없는 맵시는 매끄럽고 묵직하다.

# 다랑쉬오름

해안 절벽 동굴 안 바다.
그 수면에 물빛 날개를 터는
젖은 해가 비칠 때

그때 동굴 돌 천장 거울에
타는 해가 타오르는
불의 윤곽을 오목새김 할 때

달이 해를 받아 안아 그리는 월랑.
반은 광물 반은 해인
사랑을 나눈 뒤 베개에 젖은 그대 얼굴.

네 손가락이 그대 입에 작은 미소를 새길 때
사랑은 그때그때 그때마다에 있었다.
그대는 키스를 곁들여 천천히 너를 먹는다, 월랑!

연습곡

Etude는 페르난도 소르(Fernando Sor)의 악보에서 뜯어왔다.

no. 1~20은 이성우가 소르 연습곡 중에서 20개를 간추린 것이다.

어느 추운 겨울밤, 기타리스트 이성우는 콘크리트 벽으로 방음한 자신의 스튜디오에서 페르난도 소르의 유해를 기타로 집도해 죽은 음들을 한곡 한곡 끄집어내 되살려내는 작업을 하였다.

음악이 타오르며 추위와 밤을 환하게 밝혔다.

이 시들은 그 고독한 작업의 공명이다.

# 작은 시작

땅속에서 솟구치던 활활 타오르던 피.
땅 위에서 흐르던 불의 강이여, 아름다운 몸짓이여.
어떤 냉정함과 창백한 정신이 엄습해
너의 걸음을 멈추게 했는가?

뜨거움이 돌이 되는 굳음은 발자국들의 기억이 침묵하
는 것.
물의 경계에서 너는 갑자기 팔을 치켜들며 절벽이 되었다.
불타는 너의 기억이 멈추어 선 시간.
액체의 들뜬 곡선과 굽이침의 몸짓이,

음악의 기괴한 선율이
고체의 강렬한 느낌이 되는 곳.
너는 섬의 비탈진 땅과 녹음이 소리치는 숲의 힘을 절벽
의 일어섬으로 받쳐 제어하며
액체의 시작인 바다 끝에서 강력한 정신의 돌로 우뚝 멈
춘다.

# Etude no. 1

어깨와 어깨로
멧돼지 돌진을 쑤셔넣고
육박나무와 함께 여름을 건널 때
미래의 북쪽 강으로부터
껍질 벗겨진 몸통 잘린 나무들이
흐름을 거슬러 헤엄치는 ── 삶의 비명들.
잎 하나에 눈 하나를 달고
무수한 비명을 더듬는 빠른 물살의, 우, 울의,
얼굴의 얼굴들,

모든 여름 얼굴 하나.

# Etude no. 2


바람 무성한 잎-쪼가리-천 돛대
술렁이며 지상에서 하늘로
세월의 배, 나무가
공기의 파고에 출렁인다.

잠시 지나가는 폭우가 하늘을 파고
갑판을 뚫는다.

이 항해를, 소란을
이빨로 단단히 깨문다.

# Etude no. 3


여름밤-책
낱낱 페이지
제본하는 별빛의 실낱 선.

벌레들의 대화가
별들 속에 들어가 반짝였다.

# Etude no. 4

나무들 각자
자기 흉터 그림자에
서 있음,

여름 한낮 땡볕
파문 번져 지평선
멀리 보내는 적막 벌판에.

# Etude no. 5

잠들어 꿈.

올라도 올라도
출구 없는
나선형 계단.
머리에

십자드라이버로
꿈꾸지 않을 땐
없던 뿔을
돌려 돌려
뽑아내는 일.

혀를 뿔로 여겨
한통속이던 꿈을
분리해내는
나사의 회전.

헐거워진 꿈을

단단히 조이는
나사의 회전.

꿈 없이 잠.

## Etude no. 6

태양의 온기와 빛이
나무로 이동하며
줄기에서 가지로 뻗고
가지에서 움, 움에서 잎.

잎, 잎, 수많은 잎이
우산을 펼치듯
나무는 그 자신을
펼치며 작은 태양이 되고
자신을 빠져나와
태양을 향해 발돋움하고
우산 끝으로 가지와 잎을 모으듯
태양을 향해 자신을 빠져나간다.

나무의 생각은
수직상승의 몸부림이다.

모든 생각은
몸의 경련이다.

# Etude no. 10

눈멀어
영원을 향해 서 있는 나무.
가지 끝 나무의 눈은
허공을 더듬어 시간을 헤아린다.

허공에 새로 생기는 무덤 하나.
가지 끝이 도달하는
표시 없는 어딘가
지점 없는 지점

그 꽉 찬 눈 안에
익사한다.

# Etude no. 7

한라산 송악산 성산
그리고 숱한 오름 오름 오름들.
화산 폭발할 때
그들은 무슨 말을 했나?

보지도 듣지도 못했지만
분화구를 보고 있는 지금
경사면을 기어오르는
구멍 송송 뚫린 화산석.
거대하고 작은
삼나무 삼나무 군락.

심장의 말을 바깥으로 던질 때
저 깊은 분화구 바닥에서
밀물로 차올랐지.
경사면을 기어오르는
화산석 화산석
삼나무 삼나무.

하늘은 둥글게 말리고
수평선이 더 멀리 달아났지.
화산 심장 폭발하여 불기둥이 소리칠 때.

# Etude no. 8

진흙 속에서
자갈 속에서 모래 속에서
눈 감고 아가리 닫은 채

당신을 압니다.
당신은 뚫리는 사람입니다.
당신은 미망입니다.

나무에서 사람이 걸어나옵니다.
물결과 물결 틈새에서 사람이 나옵니다.
당신은 걸어가는 사람입니다.

부질없는 것들을 흘려보내고
잘게 부서지는 물방울입니다.
가지에서 꽃들이 걸어나옵니다.

시간의 균열 속에서
한 숨이 전환합니다.
한 숨 돌리고 한 숨이 한숨짓습니다.

물결에서 물방울이 흘러갑니다.
꽃에서 꽃잎이 흘러나옵니다.
복사꽃 물에 떠 아득합니다.

당신은 없는 사람입니다.
없음이 짓는 미망입니다.
당신은 타오르는 가시덤불입니다.

# Etude no. 9

산속에 숲속에
딱딱한 별의 손.
혜성의 긴 꼬리
선회하는 흐릿하고도 작은
숨결 식은 시선 부스러기.

산길 왼쪽에 돌.
헤엄치는 왼쪽 주먹.
손의 지느러미들. 네 물음.
네 침묵.

네 대답. 왼쪽 가위.
바위말발도리 흰 꽃.
네 노래. 노래는 무엇을 듣는가?
금 간 돌의 침묵 아래로

바위말발도리. 별의 긴
뿌리를 내려뜨리며
노래하는가, 흰 꽃.

허공에 희게 말, 말, 말.
침묵의 흰빛으로 대답하는가?

# Etude no. 11

손 피부는 두껍다.
위로의 손들이
덧대어져.

손 하나는 여러
손들의 지속.
열기를 쌓는 겹겹 행동.

손이 쓰다듬는 공기는 어디 갔나?
없는 당신을 반죽하는 손이 늘
새롭게 빚어내던 몇초의 떨림.

초보다 더 잘게 조각나는
시각의 유리잔을
영원 못 미치게 늘려

짧은 솔붓꽃 그늘 아래 묻는다.
알 수 없는 멀리에서 시작한
별빛이 도착하는 문 닫힌 눈썹.

# Etude no. 12

아무것도 없는 허공
앞에서도
두 눈은 헤집는다.

거기 이 빠진 검은
상처, 회상의 깊이,
수직 갱도를 타고

당신은 와야 한다.
기억하는 한, 정신의 메스가
과거를 열고

지나가는 현재를 끌어당겨
네번 접은 시간의 층들
안으로 씨방을 꿰는 지금.

# Etude no. 13

온다.
생각을 뚫고.
꿈의 손가락들이
머리 타래를 땋는 그곳으로.
닫힌 눈꺼풀 그늘 아래로.

물이 온다.
시원지를 알 수 없는
몸속 여러곳에서 한곳으로
차오른다. 입술을 뽀로통히 내밀며
비웃듯 조롱하듯 적셔온다.

아무도 더 가서는 안 된다, 아무것도.

서로를 죽음으로 밀어넣는다.

당신은 그에게
당신을 열어 보인다.
유골 단지 두들겨보는 헤엄치는 아침에.

바다 한 커튼이 펄럭였다.
산맥 두겹이 막아섰다.

# Etude no. 14

잡목 덤불.

하루살이들이 공중돌기 하는
정신의 낮 침대에서
우리는 어지럽게 엉켰다.

정자로 잘게 갈라져서
진흙 난자 속을 헤엄치며
시간을 거슬러, 우리는
덤불 그림자에 하나로
박음질되었다.

가지와 가지가 엇나가고
가시와 가시가 뒤엉키는
서로가 서로를 비껴 빠져나가
꼬이고 뭉개지며
무언지 모를
덩어리로 빨려들며
그림자가 되었다.

잡목 덤불 그림자 하나.

# Etude no. 15

모감주나무의 갈라진 끝.
어디 머나먼 소리를 가리키나?
네 눈이 더듬어내는
귀에 들리지 않는

더 깊이 갈라져 자기 속 맴도는
작은 비운의, 작은 심장의
열매. 나무에 달랑거리는 청각,
시각보다 더 깊은 꽈리 종.

모감주나무야, 흔들어라 큰 바다.
감출 것이 없으므로
깨지지 않는 두점
우울을 흔들어라.

허파꽈리 부풀어오른
공기주머니 열매 얇은
소리 증폭, 녹색 내벽을 내리쳐
울려라, 합치지 않는 두점 사랑아.

# Etude no. 17
이성우에게


새가 저어간
하늘에는 흔적이 없다.

네 안
좁은 개울물에
야생 오리 배 밀어
나아간 길이 어지럽게
엉켰다.

너는, 너의 너는
고통의 뒤편 적치장.
정신에 정신을 쌓는
소리가 소리를 누른다.

이빨도 없이
뼈까지 텅 빈 새의
가벼움을 부러워한다.
몸무게를 다해 눌러써도
움푹 파이지 않는 노래의 행로.

깃털도 금세 양털이 되는
하늘에는 그 어디든 길이다.
자유다.

숨겨진 활주로에는
한번도 이륙하지 못한
푸른 바다의 수평이
편편하게 펴져 있다.
그 위에 수직으로 선 공기.

네 안
타오르는 구름.
푸르게 펼쳐지는 바다.
손을 넣으면 물들 듯
하늘은 색깔로 흥건하지만

텅 빈 허공의 윤곽.
네 안 진동하는 공기,

힘겹게 기어오르는 저녁은
숨이 지나가는 윤곽만 불타는
관악기의 텅 빈 안.

너는 너를 잊는다.
안팎을 뒤집어도
네가 텅 빈 네 안이라는 것을.
네 안이
자유, 노래라는 것을.

# Etude no. 16

물이
돌을 팠네.

돌의 시선이 흩어져
물이 되어 굽이치네.

누가 물결치는
숨을 솟구쳐
돌이 되었나?

빛은 구름나무 안으로
또 구름나무 안으로
빛 자신을 파들어가네.

뚫고 흘러내리는
귀룽나무 꽃가지.

손가락 끝에서 튕겨
분사되어 흩어져,

흰 꽃구름 뭉게뭉게.

빛이 찢는 구름 치마.
돌이 돌을 팠네.

어디에도 없는 곳 속, 여기,
돌의 뒷면 누가
가쁘게 숨 쉬는가?

귀룽나무꽃 그림자 아래서
무엇이 천천히 천천히
천천히 부풀어올라

누가
희게 미소 짓고 있는가?

까마득한 물마루 위에서
곤두박질 직전,
거대하게 넘실대며.

## Etude no. 18

응고된 순간-화산이
폭발한 후
화산쇄설암 옆에서.

비-바늘이 찢어진
파편을 꿰매어
붙인다. 그 한땀이

비탄을 끌어 덮는다.
젖은 상처 우산 아래
빗방울들을 붙잡는 신나무.

두개골-암석 위에
사나운 뿔. 아주 작게 타오르는
비탄의 붉은 재.

나무는 탄식으로 자라
높이로 저를 해방한다.
솟아오름을 달구던 맹렬함이

초록 그늘을 퍼뜨린다.
함께 방랑하는
순간-숨과 공기-심장의 싹.

# Etude no. 19

바람이 뇌수를 때린다.
바람은 자신을 잘게
찢고, 쪼개지면서
모든 것을 지나간다.

뇌수에서 바람의 쓸개가
눈 뜬다. 쓰라림보다 더 쓰라리게
붉음보다 더 붉게
강철에서 녹이 찢어지고

강철에서 뇌의 덮개를
벗겨낸다. 여기 머물다
지나간 시간의 쓰라림이여.
바람의 쓰라림,

강철을 파고드는 녹의 쓰라림이여.
여기 파묻힌 죽음 바깥에서
상처 속에 자맥질하면서
잘그락대는 바다의 자갈들 넘어.

살아낸 듯이 죽음이 살아난 듯이
죽음을 잘게 찢고, 쪼개면서
파도에 눈 뜨면서, 달려드는 밀물로
지나가리 지나가리, 바람이 지나가리.

## Etude no. 20

바닷가 끝-바위에 이른 칡넝쿨의 끝.
산에서 내려와 여기에 오기까지
몇개의 바위를 붙잡았나?
부드러운 피부에서 나온 발톱.

언젠가, 그때
식물이 짐승에 이르는
길에 들었다. 넝쿨은 분지하여
찢어질 손가락으로, 뛰어오를
파도를 붙잡을 것이다.

그는 보이지 않게, 밤새도록
바다를 포장할 것이다.
하나의 다양한, 바다.
실재로.
칡넝쿨의 끝, 누군가의 손짓들.

순간들. 감각을 집중하라.
식물의 감각에 동물의 감성이

일어나라. 어떤 예민함은
잠들지 않는다. 바다-다양체를 포획할
굳센 침묵의 바깥에서.

# 음악은 시간의 파이프라인

클래식 기타리스트인 친구가 말한다.
연주할 때 중력을 고려하지 않을 수 없어.
(속생각―시간은 음악의 파이프라인.)
그렇지. 중력이 시공간을 만들어내니까.

음악은 3차원에서 탄생하지만
나타나자마자 사라진다.
그런데 실은 사라지는 게 아니라
다른 차원으로 건너간다.
음악은 여러 차원에 걸쳐 있는 유령적 존재다.
운전 중인 친구의 옆얼굴을 본다.

그가 기타 줄을 퉁겨 음이 터질 때
그는 비인간적 음악의 블랙홀 속에서
다차원적 객체인 음의 테서랙트 속에
자신을 뭉개어, 닿지 않는 어른거림에 합류한다.
시간 내의 특정 지점에서 폭발하며 나타나 들렸다가
금세 시간 속에 흩어진다.
친구도 음악도 나도 사라진다.

우리는 사라지지 않고 서로에게 유령적 존재로 스며든다.

검고 투명한 개울이 풀 대궁과 빛나는 노랑 수선화를 비추어 운반하지 않고

은색 케이스 속의 기타처럼 우리는 능동과 수동 사이에서 꿈틀한다.

인간적 비인간적 유령이 음악의 물방울에 담겨 이리저리 물결친다.

더 작은 시작

# 더 작은 시작

그가 글씨를 쓰지 않아도 그의 안으로 연필이 들어가고
있다.

물을 마시지 않아도 물이 들어간다. 돌을 던지지 않아도
잠자는 그의 안으로 돌이 들어가고 있다.

들어간 그것들이 그의 밖으로 나오고 있다.


잠은 휴식 같은 게 아니다.

잠은 밤이라는 비존재로 가라앉는 것이고 밤이라는 망망
대해를 헤엄치는 것이다.

무엇을 위해 어디에 닿기 위해 헤엄치지 않는다.

잠든 사람은 헤엄친다.

잠은 목적지 없는 밤의 여행이다.


잠자는 그는 우리-없는 사물들의 행성 가장 가까이 접근
한다.

행성으로 진입하는 순간 잠자는 그는 죽은 사람이다.

잠은 꿈을 통해 경험할 수 있지만 죽음은 생각할 수만
있다.

그가 사물의 편이 된다는 건 행성 안으로 들어가 사물이 된다는 것.

그의 편에서 사물이 된다는 건 그가 죽음에 이르는 것.

그러니까 그에게 사물은 존재와 비존재 사이에 있다.

어떻게 그는 죽지 않고 행성 안에 있을 수 있을까?

어떻게 그는 죽지 않고 사물의 관점에서 사물을 경험할 수 있을까?

어떻게 그는 죽지 않고 우리-없는 사물일 수 있을까?

# 반짝이는

## 1

죽음 이후를 볼 수 있다면,
화산 폭발 후 오랜 시간이 흐른 뒤
분화구에 고인 물.
주방에서 설거지하다
고개 들면 보였는데,
호수의 나라,
죽음이 눈 떠 반짝이는.

## 2

여름날의 반짝임이 이 순간을 꿰뚫어보고 있다.
방파제 테트라포드에서 위태롭게 숙이고 손을 집어넣
는다.
깊은 바다의 한기가 삶 속으로 스며든다.
문턱을 넘어가야 한다.
(흔들림과 꿈틀거림 사이에서) 흔들림이 능동적 행위다.
햇빛이 풍경을 덮쳐 시간을 접고 펼친다.

몇개의 돌들이 미끄러진다.
죽음이 조용해진다.


   3


머리 바깥으로
실 한가닥 빠져나와 있다.
조심스레 잡아당기는데……
한꺼번에 무너지듯
수십마리 죽음이 쏟아져내린다.
노출 피해 달아나듯
우글대는 생동하는 죽음들.


   4


죽음은 네가 네 살아 있음을
꿰매는 것.
입술을, 두 눈을, 코를

귀를 꿰매려 할 때
네 안에서 무언가 닫히며
날아올라 떠나려는 소리를 낸다.

죽음은 힘겹게 휘젓는 두 날개.
계산 불가능한 눈먼 묘책과
비존재 사이에서
머뭇대고 비비적대는 삶이다.

죽음과 삶은 딱 잘라지지 않는다.
생명과 비생명의 경계는 흐릿하다.
삶과 죽음은 뒤섞여 끈적끈적하게 달라붙는
부패, 죽음과 살아 있음의 지속적인 남아 있음이다.

# 이미 죽은 것들이

1

이미 죽은 것들이 흰 꽃을 더 짙은 흰색으로 물들이고 공기를 딱딱하게 하며 머리에 아프게 부딪친다.

이미 죽은 것들이 상처를 헤집을 때 산 것이 죽음을 더 어둡게 할까봐 떨린다.

살아 있는 것은 죽은 것보다 조금 더 살아 있고 죽은 것은 살아 있는 것보다 조금 더 죽어 있을 뿐 산 것과 죽은 것은 완전히 다른 세계가 아니다.

죽은 것들이 흐트러져 향기를 따라 사라지지 않고 포기하지 않는 집중력이 만들어내는 형태로 높이 날아가는 세상의 한끝을 붙잡고 살아 있는 것들을 유혹하여 목멘 울음에 빠뜨리기를.

살아 있는 것보다 더 질량감 있게 입체감 있게 살 수 있기를.

누워 있던 파란 연못이 높게 일어나 현기증 나는 아득한 포옹을 퍼붓는다.

이미 죽은 것들이 말을 배우기도 전에 다가오는 여름 속에 희석되고 그들이 숨 쉬는 흙들이 공기들이 흥분 속에 산 것들 속으로 오토바이를 타고 웃음을 터뜨리며 분출한다.

이미 죽은 것들이 강한 햇빛 아래 바람이 불어오는 오후
의 과육 속으로 머리칼을 헝클어뜨리며 지나쳐가는 산 것들
을 기억한다.


   2

저기 댓돌. 마루 아래 숨은
어둠들이 서로 짓눌러 압축하여 밀어내며
밀도 빽빽한 돌을 불쑥 내미네.

어느 해 집짐승이 거칠게 동요하며
비탄의 눈에 불을 켜고 모든 삶을
차단한 뒤 죽음에 당도한 마룻장 밑.

죽음은 검은 물 위에 떨어지며
한없이 번져나가는 출렁임을 만들고
반사하는 분출이 번짐을 각지게 잘라내며

거친 돌이 되었네. 마루를 밟는
폭신한 검은색 해조음과 상반되는
차가운 발바닥 흰색의 받침.

죽음을 강하게 흡입하는 안의 검은색과
폭발하는 빛으로 밖을 튕겨내며
너울을 희게 응고하는 저기 댓돌.

# 자기 입에 대고 말한다

1

모두가 그렇듯
자기 입에 대고 말한다.
뱉는 건지 삼키는 건지
듣는 건지 말하는 건지
혼란스럽다.

끝없이 추락한다.
그게 물속이란 건 나중에 알아낸다.
어디로라도 벗어나볼까,
물풀을 커튼처럼 물을 창문처럼 연다.

죽음은 물 마시듯 자연스럽지만
멈출 수 있을까, 밧줄을 잡으니 뱀장어다.
뱀장어는 물 마시며 숨 쉰다.

모두가 그렇게
자기 입에 대고 말한다.

죽음은 일어나고 또 일어난다.

거울 안에 영상으로 고정되지 않으려면
추락밖에 받아들일 게 없다.
자기 입에서 헤아릴 수 없이 깊은 아래를 내려다보듯
거울 안은 언제나 추락하는 여기보다 더 까마득한 심연
이다.


　　2

세면대 움푹한 곳에 얼굴을 묻고
눈을 뜬다. 어제 들은 붉은 것들의 꼬리가
보인다. 코피가 터져 솟아올라 물속으로 번져나간 지도.

물을 비우고 수도꼭지를 틀어
새빨간 천남성 열매들을
쏟아낸다. 따닥따닥 붙은 거품들 중 하나가 얼굴인지도.

눈은 오고 잠에 달라붙는 날개들.

죽음이 얇게 비치는 날개들이 집요하게 괴롭힌다.
김이 오르는 움푹한 찻잔을 들고 날아올라 사라진다.

얼굴이 담긴 세면대를 붙잡고 천남성꽃 녹색
하수관 빠져 달아나는 물에 대고 미친 듯 속삭인다.
옥살산 청산 움푹한 곳 따라비오름 맹독 속으로 데려가
주오.


   3

물에 비친 나무 한그루가 검은 물감으로 풀어진다.
머리 풀어헤친 나무 한그루가 검은 공기에 빠져 하늘로
증발하며 사라진다.
그게 고인 정적 속에 질주하는 밤의 부드러운 털이다.

죽은 사람들은 기억되기를 거부한다.
진흙에 박히거나 허공을 떠돌거나 물 위에 뜨거나 가라앉
은 분리된 사물들과 죽은 사람들의 해체된 부분들로 밤은
복잡하다.

그것들은 서로에게서 고독하게 물러나 서로가 질리지 않으려고 닿지 않으려고 꼼지락대고 비튼다.

그게 고립된 것들의 보이지 않는 좁은 틈 사이를 비집고 부는 밤의 비가다.

밤은 딱히 있는 것도 아니면서 비가는 지겹다.

밤 속을 떠돌며 머리를 눕히면서 잠 안으로 사물을 집어넣고 부력으로 떠올라 잠기지 않는 꿈으로 첨벙인다.

그게 죽은 사람들의 얼굴이 있을 만한 곳에 눕는 밤의 악몽이며 기억되기를 거부하는 그들에게 달라붙는 머리털이다.

# 돌과 죽음과 먼지

1

돌과 죽음이 같은 공간을 가질 거라고
우리는 미루어 짐작한다.
혹은 돌 안에 죽음이 있을 거라고.

돌에게는 생을 거스를 무엇 하나 없다.
오히려 이름 붙이기 힘든 갈망이 있다.
젖음의 갈망, 마름의 갈망

부서짐의 갈망, 단단함의 갈망
오랜 정지의 갈망, 구르기의 갈망
죽음의 입술이 돌의 입술에 닿는 걸 느낀다.

돌의 느낌을 우리는 어떻게 알 수 있을까.
우리가 돌을 보면서 돌이 우리를 보고 있다고 확신할 때도
돌은 보고 있지 않고 갈망한다.

무게가 바닥이 죽음이라는 듯 들러붙을 때도

돌은 갈망한다.
돌과 죽음이 오랜 정지를 오래 공유해왔더라도

돌은 정지 아닌 갈망이다.
갈망만큼의 무게다. 그러나
죽음은 정지의 중지, 갈망의 중지다.


2


절벽 끝에 선 너의 눈 아래
바다가 일렁이는 풀밭처럼 크게 넘실거리고 있다.
바다는 네게 무슨 말을 하고 있을까? 말 없는 언어.


하늘이 쥐눈이콩이라도 쏟아붓는 듯 차르르 작은 구멍,
요철의 철판으로 빛나기도 하고
두꺼운 구름을 뚫는 빛에 따라 스크래치 명암 입체 문양
의 화면을 펼치는 바다는 단색이다.


모래사장 끝까지만 환하고 그 뒤쪽 바다와 하늘은 경계

없이 암흑이다.

암흑만 한 침묵 속에 파도의 우렁찬 끓어오름, 네 피의 반복된 철썩임이 들린다.

길을 버리고 익명의 군중 속으로 사라지는 걸 사랑하는 너.

달의 인력이 바다를 끌어당기듯 죽음이 너의 치수를 잰다.

암흑 속에 바다의 수많은 수레바퀴가 침묵을 뚫고 네 앞에 폭포처럼 쏟아진다.

죽음을 재봉하고 있지만 삶은 계속된다.


3


배춧잎 뒤에 붙어 있던 노란 알이 주황색으로 바뀌면서 노란 애벌레가 태어난다. 애벌레는 자기가 깨어난 알껍질을 먹어버리고 배춧잎을 갉아 먹고 자라나 초록색 배추벌레가 된다.

배추벌레는 연둣빛 번데기가 된다. 번데기에서 흰 날개가 나오고 젖은 날개를 말린 배추흰나비는 공중으로 날아올라 배추꽃에 앉아 화분을 옮겨 어린 배추를 태어나게 한다.

배추흰나비는 배춧잎 뒤에 알을 낳는다.

그는 죽음이 뒷문을 열면
조용하게 맨발로 걸어나갈 것이다.
그의 일부는 수분으로 증발하여 대기에 섞이고
일부는 먼지가 되어 대지를 떠돌 것이다.

그는 행성의 수많은 먼지 중 한 정충의 먼지와 한 난자의
먼지가 결합해 살아 숨 쉬는 먼지로 물에서 태어났다.
배추흰나비가 배추벌레의 자연스러운 변태라면 그의 죽
음은 물과 먼지의 자연스러운 결론이다.


4


죽어서 진흙 안에 눕는다.
육신이 바로 진흙이 되는 건 아니다.
먼저 먼지가 되는 긴 시간을 견뎌야 한다.

그게 소멸해 무가 되는 과정이 아니기 때문에 견뎌야 한다.

먼지는 흩어져 사라지는 게 아니다.
우주 모든 것들의 작은 입자가 먼지다.

먼지는 축축한 공기와 섞이면서 진흙이 된다.
우주 공간을 떠도는 먼지들이 행성이 되어가는 과정인 양.
진흙은 분해되어 먼지가 된 것들이 무언가 새로운 것이
되어가는 발흥이다.

죽은 사람을 진흙 안에 눕히고 흙으로 덮는 것은
육신에서 분열된 먼지가 다른 것이 되어 영영 사라져 없
어져버릴까,
우리 정신의 하얀 손가락들이 주름을 하나하나 펴기 때문.

성간을 떠도는 먼지가 되기 전에
나는 몸을 돌려서 키스한다.
소멸이 아닌 또다른 행성이 되어가는 우리가 살았고 존재
했던 이 사막에.

# 그들의 움직임은 각자가 아닌 서로의 힘 속에 있다

1

그게 꽃이든 사람이든 물이든
태양처럼 빛나는 게 있어.

이 저녁에. 돌은 빛을 받아
반짝인다. 흙 위를 뒹굴고 재잘거리며.

그게 돌이든 물이든, 그만큼 살아 있는.
하늘에 떠 있는 달이잖아! 이 저녁에.

밤에 다가갈수록 더 선명해지는.
절망도 제 불로 타올라 사라진다는.

얼굴 감추고 돌아선 저 돌도
그 빛을 받아 반짝이겠지.

그럼 저건, 길엔 듯 나무엔 듯, 이 저녁에
잠시 등을 보였다 사라지는 허공엔 듯.

2

물은 있는 것들을 가라앉히며 없는 것들을 향해 굴러간다.
물 위에 기억의 검은 구름이 아슬아슬하게 흐른다.
눈부신 흐름을 풀어헤치자 눈 감은 돌이 가라앉는다.
사방에서 돌을 누르는 물의 힘, 아래로 누르는 힘이 더 강
한 물.
젖은 돌은 끝내 젖지 않는 돌이기도 하다.
물은 손바닥으로 움켜쥐듯 돌을 감싸고
한덩어리가 되는 응집으로 결단코 주먹 쥔다.
돌은 물에 스치듯 새겨지며 얼굴을 파묻듯 물의 저 깊은
손가락으로 파고든다.
그들의 움직임은 각자가 아닌 서로의 힘 속에 있다.


3

가벼운 물방울들이 떠다니며 공기를 적신다.
무거워진 공기가 바닥으로 떨어지며 나무와

돌에 닿고 물방울들은 제 모양을 허물며 스며든다.

돌은 굳게 깍지 낀 힘을 느슨하게 푼다.
풀어진 깍지 사이로 새소리가 섞여든다.
회색 청색 은색 실들로 짠 안개가 느리게 늘어지고
술렁이고 퍼져나가며 베일 뒤 선명한 색깔을 잠깐씩 드러
낸다.

풀들이 몸을 비비는 간극의 리듬마다 작은 소리들이 떨
리고
갖가지 힘들이 밀치고 밀리며 하나의 온도, 하나의 쏠림,
다채로운 빛깔로 터진다.

울려퍼지는 파문은 시간의 점에서 멀어지는 허세로 제자
리를 맴돈다.
사물들이 제자리에서 노래하듯 진동하고 뒤척이며 산 것
들의 숨을 파고들고 맥박을 흩뜨린다.

# 고장 나 덜컹거리며 현재는 찢어진다

### 1

유령은 우리 앞에 갑자기 나타나 우리를 놀라게 한다지만 사실은 우리 뒤에서 우리를 바짝 따라온다. 뒤를 돌아보면 아무것도 없다. 각질처럼 감각되지 않지만, 우리 살에 바짝 붙어 있기 때문이다. 우리는 떨칠 수 없는 그 느낌을 알고 있다. 우리는 떨쳐버리기 위해 앞으로 전진한다. 그래서 우리의 미래는 느낌 앞에 있다.

죽은 것들은 과거이고 죽음을 깔끔하게 잘라낼 수는 없다. 우리의 미래는 현재의 뱃속이 아닌 과거의 뱃속에 착상하기 때문이다.

### 2

망각은 잊음, 잊힘이 아니라 기억의 오류.

기억의 실제 제품은 기억 불명이다.

기억 상실, 망각은 오류를 순화하고 꾸미는 미끼용 광고.

기억은 조각나고 망가진,

쓸 수 없어 애초에 버려지거나 이제는 불용으로 버려진 부품들이다.

제자리에서 제대로 작동하는 것들은 현재를 생산하는 활동이니까.

기억은 원래 활동에서 제외된 버려진 쓰레기들이다.
현재라는 기계의 헤게모니적 질서의 도면에 맞추어
재조립한 그럴싸한 기계를 대개는 과거라고 칭한다.

그런 과거가 지탱하는 물체가 '나'라는 작동체다.
현행하는 사회 기계가 소집하는 과거 그리고 현재에서
예정되는 미래는 잡아당겨 늘린 현재일 뿐,

알 수 없고 아직 오지 않은 두렵고 두근대는 미래는 아니다.
나를 망가뜨리는 기억들이, 기계를 썩게 하는 쓰레기들이
부품들에 구멍을 내고 오류 나고 고장 나
덜컹거리며 현재는 찢어진다.

현재를 찢는 자,
찢으며 불쑥 나타나는 무어라 칭할 수 없는
쓰레기들에 은닉된,
당도했으면서도 거듭 당도하는 자가 미래다.


3

완벽한 끝은 없다. 지금에서 출발하면
그 지금이 끝일 뿐. 자기를 떠나
산소 탱크에 남은 숨 쉴 깊이 너머까지
물속을 탐험하는 이가 마주하는 것.
열리지 않는 문. 너머에 있을까?
어두운 방을 가로지르는 햇빛.
단어를 찾을 수 있을까? 죽음에
버금가는. 허파가 그 끝으로 되
돌려보내 그 현재에 당도할 수 있을까?
시작과 맞물리는 건 끝이 아니다.
오로지 현재. 현재의 시작이 끝을 수색한다.
옆으로 살짝 움직였다. 거기, 물속인지

아닌지? 자기가 끝났고 자기가 시작인 곳.

# 그것이 되어야 한다


동백나무 그늘에서 낚시로 잡은 고기를 손질하는 그는
난도질당하고 부서져서 활짝 열리는 자신을 느낀다.
그러나 그 칼날에는 자신은 자신이고 자리돔은 자리돔이
라는,
구분하는 계산의 힘이 들어 있다.

눕혀지고 부서지고 난도질당해서 쩍 벌어지는, 여기, 자
리돔이 되는 건,
그의 측량할 수 있는 진흙 여성성만으로는 부족하다.
그는 자신 안의 고기로 난도질당해 쩍 벌어져
그도 그녀도 아닌 그것이 되어야 한다.

그것은 내재하는 죽음. 찢어발겨져 외부로 삐져나온 내
부자.
생선회와 내장과 뼈, 식재료로의 개방, 그의 그것으로의
개방이다.
그것은 그에게도 자리돔에게도 자신 안의 여성에게도 무
심한
파괴이며 열어젖힘, 지각 불능의 사랑이다.

# 까마귀와 노란 자두와 사람의 연대

까마귀가 노랗게 익은 자두를 깨문다.
연녹색 비행운이 하늘에 조용히 선을 긋는다.
여객기 일반석에서 잠자던 사람의 꿈이
까마귀의 뱃속에서 시고 달다.

공중에 검게 빛나는 깃털 뭉치를 던지며
검은 먼지떨이는 그의 머리를 뒤적이며 뇌에 접속한다.
가는 전선들이 몇개의 다발로 묶여
뇌는 구부러져 엉킨다.

자두나무의 창문이 열리고 그가 잎을 뒤적이며
꿈의 맛을 찾아 엎드린 삶을 더듬기 시작한다.
까마귀와 노란 자두, 비행기와 자두나무 위 파란 하늘의

연대는 그것들의 기쁨이지만 그의 꿈은
까마귀가 하지 않았는데도 하지 않을 수 없는
어떤 세계의 생산이다.

# 손을 벗어 선반 위에 올려놓고

1

잠자는 사람 위로 노고지리가 솟구치고 솟구친다.
열차는 잠의 평원 한가운데 멈추어 섰다.

어둠이 강렬하게 붙잡고 있는 평원에
별빛도, 선로의 반짝임도, 육중한 기차의 짧은 반사도
없다.

갑자기 깜빡이는 소나기가 잠시 퍼붓다 갤 때도
꿈은 잠의 평원에서 나오지 않는다.

새벽이 어둠을 만지는 간지러운 감촉이
천천히 검은 하늘에 흠집을 내고

잠의 자물쇠 속으로 꿈이 달그락거리며
애달픔을 집어넣어 기나긴 선로가 빛날 때까지.

2

손으로 만지고 눈으로 봄으로써
사람은 세상을 느낀다.

한낮에 잠시 손을 벗어 선반 위에 올려놓고 쉰다.
일하는 중에 잠시 눈을 벗어 작업대에 올려둔다.

손 없는 팔로 운전하며 차창을 내리고 하늘을 본다.
깃털이 흰 커다란 새가 날개를 펼치는 하늘이다.

하늘이 가만히 있다. 아니, 날아가고 있다.
구름이 열린 차창으로 들어와 얼굴 위에서

새의 푸른 눈으로 보고 딱딱하고 길쭉한 부리가 차 전면
유리에
자꾸만 부딪치면 얼굴은 이제 달리는 느낌을 멈추고 날아
간다.

# 검은 머리 소켓

백열전구를 켠다.
밤은 바스락거리며 차가운 돌벽으로 숨는다.
백열등을 씌운 전기를 조작하는 소켓은
마음의 계단과 창문을 열고 떨어지는, 사랑의 누드를 향한 질문이다.

검은 머리 소켓에 달린 스위치는 작은 귀다.
스위치를 켜면 건물 내부에 작은 부분이 밝아지고
슬픔의 소리는 커진다.
마음의 내부는 많은 벽으로 막혀 있고 통로는 벽을 따라 굴절하는 미로다.

달아오른 필라멘트가 내는 빛은 내면의 어떤 부분만
밝게 태운다. 슬픔은 빛난다.
열매를 전등처럼 켜고 있는 나무는……
사랑은 건물 밖에 있어서 스위치로 켤 수 없다.

창을 열고 고개를 내밀면 예상치 못한 돌개바람이 건물 외벽을 할퀴며 솟구쳐오른다.

흰 목에 둘렀던 사랑이 기이한 괴물이 되어 차가운 돌벽을 빠르게 기어오른다.

사랑은 마음의 까마득한 돌벽 아래로 털썩 떨어진다. 사랑은 널브러진 잔설,

위태롭고 미끌미끌하고 꼬질꼬질해진 흰빛, 깜짝 놀란 새벽의 내면.

# 절벽 앞 허공

산은 살아 있네.
눈을 뒤집어쓴 길이 나무들 사이로
사라지네.

이마 앞 부딪칠 듯 떠오르던
기억은 죽었네. 당연히 몸을
가진 기억은 멀리 당신을

가슴에 끌어당겨 오르내리는
숨을 맞추는데. 당신은 죽었네.

육체는 살아 있네. 죽은 당신이
눈의 순결한 흥분 안으로 들숨에
끌어당겨져, 길을 벗어난
덤불 속 이리저리 헤매네.
날숨 없는 숨 막힘이 이마 위

불티로 반짝이네. 불꽃을
들이마시면 날아오른 연기가

몸을 빠져나가네. 절벽 앞
허공은 쌓여 있네. 당신에게 묻네.
있는 것이 어떻게 없는 게 되는지.

눈먼 가시덤불들 틈 빈 하늘 사이로
당신은 사라지네.
산은 살아 있네.

# 폭풍

사나운 하늘-결을 빠르게 헤쳐 나아가는
먹장구름에서 길 위의 가장 작은 풀잎에까지
바람은 먼 길을 급히 달려온 거대한 공기로 파도치며
가쁜 숨을 헐떡인다. 하늘과 땅 사이에 꽉 찬

공간은 유영하는 해파리의 투명한 내부다. 그녀는
달라붙는 촉수를 걷어내듯 팔을 휘젓고 다리를 뻗는다.
그는 바람으로 부풀어올라 먹장구름에 얼굴을 숨기고
사방으로 몸을 늘려 출렁거리며 그녀가 걸어 들어오는
것을

저지하기도 하고 감지하기도 하며 어쩔 줄 모른다.
제 이상한 얼굴로 그녀의 얼굴을 굽어보는 그의
반짝이는 눈에서 돌멩이가 굴러떨어진다.
바람에 온몸이 밀리는 돌멩이가 길 위를 구른다.

하얀 조팝꽃이 그녀 앞에 있고 조팝꽃이었던 그녀는
힘센 염소가 된다. 흰 눈동자 위로 거센 뿔을 세운다.
촉수를 잃은 해파리는 쪼그라져 물-잎으로 너울거리고

그녀의 눈앞에 코를 들이미는 억센 바람은 날숨으로 잦아
든다.

# 순서 없는 고통의 형식

### 1

당신의 발가벗은 슬픔이
베란다 창문에 닿았네요. 그 끝에
눈물로 솟아난 작고 파란 꽃.

모선에서 시차를 두고 사방으로 발사하는
로켓 비행선이 슬픔의 빛살 같지만
그 어떤 별빛도 이 정원을

슬픔으로 밝히지는 않겠지요.
당신 비행선은 그렇게 불시착하네요.
이 밤 꽃줄기 위로.

도라지꽃, 희고 파란 꽃 무리.
밤으로 둘러싸인 비탄의 별 무리.

2

초저녁 거리, 통유리로 훤히 들여다보이는
꽃집에서 한 여인이 여러 꽃을 잘라 꽃꽂이하고
있다. 여인은 철도 승차장에 서 있듯
고개 들어 창을 본다. 창문에는 어른거리는 객실 안
풍경에 겹쳐 희미하게 다른 이의 얼굴이 있다.

예전의 그녀와 눈 맞추자 그녀는 외면하며
고개 숙여 치마 위로 손수건을 펼친다. 출발하는 그
객실에서 그녀는 모른다. 꽃 꽂다 말고 망연한 그녀의
눈을.
거울에는 손수건에 수놓인 분홍과 빨강의 양귀비
꽃잎이 찍혀 있다. 거울 표면에 옛 여자가 떠돈다.

통유리에서 차창, 차창에서 거울이 되는 그것은 뜻밖의
형식.
순서 없는, 어디서 어떤 투명한 페이지를 펼쳐도 줄어들
지 않는 고통의 형식.

여자는 한 여자에서 나왔지만 그 둘의 삶 속으로 들어가
야 하기에.

봄이다. 기차는 홈을 떠나버렸고 거리에
꽃집은 없고, 꽃꽂이에 맞춰 잘라낸 꽃들이 시간을 덮는다.

   3

여자는 벤치에 앉아 기다린다. 돌아가는
심장. 소나무들 사이에 숨은 듯 가려진 채
멀리 초조함이 보였다 사라지고, 앞에는
널린 자갈들 사이로 흐르는 개울이

시간을 재촉하는 소리를 낸다. 뒤로
해가 기울면서 오후 네시 사십삼분은
풀이 듬성듬성한 땅 위에 소나무
모양의 그림자를 그린다. 땅은

가파르게 꺼지고 솟아오르며 여자의

두려운 심장을 목말 태우고 불안하게
떠난다. 하늘에 연두색 분홍색 하루가
끝나간다. 돌아라, 심장. 순환하는 것엔 끝이 없다.

# 그녀, 너, 우리가 촉감하는 것

### 1

그녀가 카페 의자에 앉는다.
바깥 정원에 갓 피어난 꽃그늘 곁에도
빈 의자와 테이블이 있다.
지금 여기 있는 그녀는 알던 사람이 아니다.

마주 보며 저렇게 활짝 웃는 그녀는
세상의 모든 비밀만큼이나 아름답다.
곁에 언제나 죽음이 닿는 만큼이나
그녀는 있어도 없는 신기루 섬으로 떠다닌다.

지금 여기 카페 창에서는 보이지 않는
꽃 핀 노란 들판에 외로움이 가득하다.
내가 그렇게 말했었어? 기억나지 않아.

거짓말! 저기 정원에 쏟아지는 햇빛을 봐!
없는 것이 살아서 창밖을 향한다.
사랑을 알고자 하는 욕망이 반짝인다.

2

눈이 깜빡이는 사이 너의 눈을 보며
해 뜨기 전 네가 만졌던 상춧잎의 푸른 생기를 보고
네 손이 스쳤던 취나물 향기를 맡는다.

텃밭 고랑, 호미의 진동을 흡수하는 손의 가벼운 떨림을
느낀다. 너의 눈을 보며
호스의 물이 네 손가락 한두개의 희롱에 흐트러지는
물방울들의 세찬 반짝임을 본다. 너의 눈을 보며

어느 날 밤새 내린 비와 바람에 무너져내린
돌담의 돌들을 들어올리고 다시 쌓는
네 여린 투박한 손을 만진다. 너의 눈을 보며

너의 삶을 만나고 네 기억을 만지며
네 기억과 내 기억이 구분 없이 뒤섞이는
너도 아니고 나도 아닌 아직 어떤 무엇이 아닌 기억의 감

수성으로

너와 내가 다른 시공간에서 접촉하고 감각했던 여러 사물
의 감수성으로
기억은 너를 관통하고 나를 관통하고 사물들을 관통하여
기억한다.
공중에 날리는 바람의 눈으로 기억한다.

얼굴의 맑은 정원에 작은 연못이 있고, 부풀어오른 기포
가 너의 눈동자다.
미세한 땀구멍이 모두 다 너의 눈이다.
너는 피부로 본다. 눈으로 만진다.

우리는 서로의 입술에 키스한다.
보드라운 누드가 보드라운 누드에 닿고 누르고 감싼다.
우리가 만난 사물들의 맛과 입술과 기억이 서로를 촉감
한다.

# 빗속에 집이 서성인다

1

빗방울이 떨어지며 허공에 빠른 선을 긋는다.
빗줄기는 빗방울의 궤적이다.
방울에 뒤이어 또 방울이 선을 긋고 또
어두운 색연필이 내리긋는 선들로 어지럽게 허공을 채
운다.

언덕에서 집들이 서로 얼굴을 기대고 조용하다.
급한 사랑의 동작이 느려지고 빛이 잠든다.
파닥이며 꺼져가는 빛이 녹아 있는 어둠 속에 흰 집이 움
직인다.
깜박거리는 잔빛을 튕겨내는 빗속에 집이 서성인다.

흰 집은 이리저리 거닐며 물결이 돌들에
몸 비비듯 흰 것을 비에다 비벼댄다.
비의 속도에는 멈춤이 있다. 질주에는 머뭇거림이 서성
댄다.
비가 멈추자 흰 집도 멈춘다. 무언가가 창으로 다가와 안

에서 밖을 본다.


2


여름 하늘 먹장구름 차양에서 소나기가 쏟아진다.
구름 거즈의 물감이 다 녹아 떨어지면 비가 그칠 것이다.


늪과 비탈에 웅크린 소나무들의 침엽이 하늘을 떠받친다.
우리 역시 야외로 나와 가지를 뻗는다.


의지 바깥으로 생명체 바깥으로.
다섯 감각이 끈질기게 움직이는 비에 녹아든다.
다른 생명체들, 비생명체들에 연결되는 느낌.


바다가 보이는 경사지에 팔 벌리고 서서 눈 감으면
서서히 앞으로 밀려가는 느낌.


녹다 만 먹장구름이 통째로 떨어진 듯한 큼직한 돌들은
바다로부터 하늘로부터 눈에 띄지 않게 조금씩 뒷걸음

질 쳐

　평화로운 등을 내민다. 여기 빗물 왕관을 떠받치는 것들에.

# 그의 얼굴을 그의 등에 묻고


그는 그에게 고백한 글이 얹힌 종이를 찢는다.
그는 찢긴 종이의 눈을 떠 새벽을 본다.


그는 그의 뭉친 뇌 사이에서 떨고 있는
생각을 핀셋으로 집어 종이 위에 펼쳐놓는다.


그는 분만실에서 자기 자궁을 벌리고 피 묻은 자기를
  힘겹게 꺼내다 자기 눈이 자기 눈을 마주 보자 섬뜩 놀
란다.


그와 그 사이에 알몸과 옷 사이만큼 틈이 있다.
그는 그의 틈에 비비는 다급하고 미약한 초조함의 그이다.


새벽빛이 새벽을 찰랑찰랑하게 채우듯
그는 그의 품속을 채우고 있다.


그의 손바닥이 그의 심장에 이르러
세차게 거머쥐려 할 때 그가 말한다.

가만있어요! 그러자 그가 입속으로 신경이 헤엄치듯
다짐은 이유를 묻지 않아요, 한다.

그의 얼굴을 그의 등에 묻고 그는 그를 어루만진다.
그는 그를 보지 못한다. 그는 그를 헤엄쳐나간다.

# 전체는 부분들보다 작다

1

몸이 자물쇠다.
속옷 안으로 쏙 파도가 들어왔다.
맨살에 불쑥 바닷물고기가 헤엄친다.
방긋거리는 입, 겨드랑이 털이 간지럽다.
등에 달라붙는 지느러미가 떼어지지 않는다.
비늘이 젖꼭지에 닿고 몸이 오그라든다.
물고기의 퍼덕임이 복부를 철컥철컥 열어본다.

몸이 열쇠다.
꼼지락거리는 손가락들이 의식을 더듬는다.
열쇠는 쇠에 있다. 몸에 있다.
말하지 않고 쇠는 잠근다.
생각하지 않고 몸을 부르르 떤다.

오한 든 몸은 생각하지 않고 말하지 않고
작동한다. 자물쇠는 열려 있다.
수평선이 열쇠다. 바다가

하늘로, 하늘이 바다로 넘어간다.

수평선이 몸의 윤곽이다.
아무리 항해해도 수평선은 저 멀리 있다.
여기가 바다인가 하늘인가?
몸이 안개의 입자로 흩어진다.
허공이 '아' 하고 입 벌린다.


    2


어떻게 내가 너의 눈으로 너를 바라볼 수 있을까?
어떻게 내가 너의 혀로 너의 입을 맛볼 수 있을까?
어떻게 내가 너의 귀로 너의 말을 들을 수 있을까?
어떻게 내가 너의 손끝으로 너의 뺨을 만져볼 수 있을까?
어떻게 내가 너의 코로 너의 향기를 맡을 수 있을까?
어떻게 내가 나의 몸으로 네가 있는 자리에 너로 있을 수
있을까?


그는 오가는 길에서 늘 마주치는 이팝나무로, 나에게 그

와의 만남과 욕망의 접촉을 이팝나무로 느끼게 하고 싶다.

　그는 지금 눈앞에 출렁이는 강물로, 나에게 그와 마주친 순간의 욕망과 진동을 강물의 진동과 욕망으로 번역해주려 한다.

　세포막에 수액의 욕망이 잎들로 펼쳐지고 꽃들로 피어난다.

　굽이와 굴곡으로 강물이 통과할 때 망상의 힘이 이 돌 저 돌을 배회한다.

　나(강물 혹은 나무)는 너를 섞고 혼합하며 거기 있다. 너 또한 거기 있는 것들과 교접하며 너로 거듭난다.


　　3

　나는 다수다.
　'나'라고 뭉뚱그리는 전체는 나의 부분들보다 항상 작다.

　수술 후 안정실에서 마취에서 깨어날 때

나는 어디에 있지? 나는 누구지?
공포에 질려 사방을 두리번거린다.


담장의 돌들에 담장을 쌓던 이의 수십 년 전의 온기가 남아 희미하게 빛난다.
주변에 부스러기로 굴러다니는 돌들은 달 표면에서 발견된 물질의 그림자를 거느린다.


나는 간선도로가 합쳐지는 고속도로가 아니다.
나는 거름 더미 속 거름이고 그 위를 기어다니는 반짝이는 풍뎅이,
담장의 돌들이고 달을 품은 물질,


마취된 널브러진 고깃덩이, 간선도로를 기어가는 실루엣이고 헤드라이트들의 얽힘이다.
이보다 많은 여러 인간, 비인간들이 나의 부분들이고 항상 '나'라는 마대 자루를 넘쳐난다.
나는 다수다.

4

**두근거림**

기억이 '나'를 열매인지,
잎인지, 꽃인지, 가지인지……
알게 하지만 기억은 재미없어.
더이상 두근거리게 하지 않아.


'내'가 무언지, 무얼지 알 수 없는 두근거림.
불안과 두려움이 지금 이 순간이지.
가지에서 열매가 떨어지는,
꽃에서 가지가 떨어지는 이 순간!


공중에 낙하하는 꽃이 '나'인지,
꽃 없이 공중과 직접 부딪치는
가지가 '나'인지, 손바닥에
떨어진 꽃을 들여다보고 짓는

미소가 '나'인지, 기억도
아니고 상상도 미래도 아닌 움직임.
지금이야. 행동해. '나'는 없어!
꽃도 가지도⋯⋯ 깨진 열매

속 씨앗이 연결하는 흙 알갱이들.
　　　　　　두근거리는 수분들.
　　　　　　두근거리는 개미들.
속삭임들. 힘들 ── 응축과 파열들.
　　　　　　두근거리는 접속들.

# 없지만 어디에나 있는

그녀는 지금 눈앞에 있는 물이다.
물은 자기 나름의 물결과 흐름이 있지만
돌멩이를 던지면 물수제비로 대답한다.

그녀는 지금 없는 게 아니다.
그렇다고 눈앞의 물을 그녀라고 우기고 싶지는 않다.
수면에 비친 진동하는 얼굴에서 그녀를 만난다.

수면에 뜬 얼굴은 물과 자갈과 수초로 만들어졌다.
얼굴은 물결로 보이기도 하지만 흘러가버리지 않고 눈앞
에 머물러 있다.
그녀는 걷잡을 수 없는 어떤 진동 같은 것.

심장이 덜컹거리고 눈꺼풀이나 입술이 떨린다.
그녀는 여기 없지만 가까이 어디에나 있다.
마주치는 진동 하나하나를 건너편 강변으로 던진다.

# 병뚜껑이 열린 나무

### 1

겨울에 보았던 나무들이 병뚜껑이 열린
나무에서 초록 거품을 흘리며 부풀어오른다.

숲을 뚫고 들어가면 그림자들의 어둠 속에서
불시착한 햇빛이 꽁무니 불빛을 깜박거린다.

'나'였던 것이 일월의 어둠의 입에서
창문을 흐리며 어른거리는 한마디 말이었다면,

잡목 덤불의 거품이 일고 부글부글 들끓는 너무 많은 현
실에서
서늘한 복도를 뚫어내는 햇빛은
나무들이 거품을 터뜨리는 말들의 특이한 조명 능력이다.

### 2

하늘은 녹청색 해초 빛깔로 스며들며 번진다.

구름 해초는 찐득하게 눈에 들러붙고
얼굴에 감긴다. 하늘에 바다의 유령이 어른거린다.

시간은 순간순간의 현재-점들의 연속이 아니다.
현재는 현전하지 않는다.
지금 눈앞의 투명한 감청색 물-솟음은

앞선 시간 물-골이 솟아오르는
유령의 어른거림이다. 엎어놓은 유리잔
엉덩이의 감청색 투명 물-마루는

뒤이어지는 미래, 꺼져 내리는
유령의 가변성, 물결의 빛과 그림자, 흔들림이다.
눈에 들어오는 현재의 찰랑찰랑함은 과거이다.

검은 화산석 낮은 돌담들 뒤로
추수하지 않은 보리밭의 노랑 폭풍이 사납게 몰아치며 일
렁인다. 보리밭 바다에
시간을 고정하는 보리알 하나하나가 불꽃을 튀기며 탁탁

소리를 낸다.

# 어른거린다 희미하게 유령으로

1

세찬 비가 침묵을 두드리고 도로 위에
땅 위에 빗방울이 물꽃을 피우고 진다.
나무들은 등을 돌리고 초록 잎으로 고개 숙인다.

비가 땅에 꽂히며 금세 흘러넘쳐 곳곳에
웅덩이가 빛난다. 웅덩이는 종의 내부
공백으로, 떨림이 공명하며 종소리를 울린다.

노래한다. 비안개로 솟아올랐다 가라앉으며.
종소리는 바람에 실려 비안개의 새떼로
무리를 이뤄, 정적 속으로 소리 없는 발걸음으로 부유한다.

비의 무리, 비들의 하강 속에는
새로운 언어로 중얼거리는 말이 있다.
처음인 듯 비의 스커트 자락이 들춰지며 탁 트인 하늘 속
에 싸인다.

2

장마 뒤의 쨍한 햇빛이 만드는 음악이 쓰라리게 운다.
부딪쳐 부서지는 햇빛에 매미 울음이 조각조각 튄다.

유리에 입을 대고 훅 불면 부풀어올라 둥둥 떠다니고
온갖 사물들이 비쳐 세상과 세상이 어긋나고 세상 속에
세상이 겹쳐 보인다.

햇빛 유리의 비눗방울들은 착륙할 곳을 찾지 못하고
공중에서 폭발하며 눈을 찌르고 눈의 유령을 깊게 찌른다.

초록 불 붙는 나무들은 잎사귀 하나하나가 얼마나 또렷
한지
제 그림자를 말끔하게 잘라 강물 속에서 헤엄친다.

나무들 사이로 물이 번쩍인다. 유리가 유리에
부딪쳐 깨지고 유리 조각들에 유리가
수백배로 난반사하며 제멋대로 튀어나간다.

햇빛이 사물에 입을 대고 훅 불어 물혼이 확
불타 눈부셔 어른거린다. 희미하게 유령으로.


3

새벽을 기다리는 차가운 돌들이 중력에 붙들려 바닥에 차
분하다.
세찬 폭풍이 잡아당겨도 제가 바닥인 양 꿈쩍 않는다.

강력한 엔진의 예인선은 물을 가를지언정 물에 착 달라붙
는다.
음악만이 중력에 아랑곳하지 않고 제멋에 겨워 속절없이
떠다닌다.

서리에 젖은 새벽 공기가 지난 어둠에 사라졌던 바로-지
금을 찾아 투명함을 수색한다.
활이 현에 미끄러뜨리는 음, 손가락들이 줄을 건드리고
줄에서 점핑하는 음,

화려한 손가락 터치가 간결하게 두드리는 음, 목을 쓰다듬으며 벌린 입 밖으로 깔끔하게 다이빙하는 음.

부드럽고 서늘한 음악이 셔츠 속으로 들어와 예민하게 곤두선 새벽의 가슴을 더듬는다.

네번 접은 풍경

Landscapic Algorithm(풍경의 알고리듬),

4-Fold Landscape(네번 접은 풍경),

Arcus+Spheroid(아치 구름+회전타원체)는

이상남의 작품 제목이다.

이상남은 말한다.

"나는 내 작품에서 끊임없이 사건을 만들어낸다."

"중요한 건 그려내고 지워버린다는 것, 그리고 갈아내고, 그러면 또 드러나고…… 마치 기억이나 우리가 알고 있었던 걸 지우고 다시 시작하는 것처럼."

"추상이 아니에요. 하나하나가 독립되게 살아 있는데, 겹치고 중첩돼서 그렇게 보일 따름이죠. 자세히 보면 우리 뇌나 얼굴이, 로켓이나 컴퓨터 내부가 복잡하게 얽혀 있지만, 다 조직화되어 있고 구조가 완벽하게 되어 있는 것과 같습니다."

시를 읽으며 이상남의 그림을 떠올려보는 것도 좋을 것이다.

또는 이상남의 그림을 보며 시를 기억해내는 것도 좋을 것이다.

이도 저도 아니라면, 지금 눈앞의 시의 현전이 사물의 움직임이나 행동 그 자체이거나, 바로 이 순간의 직접 체험이라도 좋을 것이다.

# 앞에 괸 시

시는 언어의 도살장.
불끈 언어의 *사건의 지평선*에서
조각난 파편으로 웅크린다.

어둠의 푸른 표면의 밀도를
*호킹 복사*하는 회전타원체.

언어의 하늘에 몰려오는 시는
수평의 거대한 사건, 아치 구름이다.

# 풍경의 알고리듬

### 21

한낮. 수술대 위에서 하늘은 강제로
눈꺼풀이 젖혀진 채 큰 눈을 뜨고 있다.
바다를 향한, 용머리 해안 절벽의 애착.
한밤중. 파도로 풀려날 듯한, 무한 시간 돌들의 고착.

눈을 감게 해다오. 빗방울들의 윤무가
수평선 너머 미지의 습곡을 몰아온다.
눈을 감게 해다오. 하늘의 초록으로부터
공기뿌리가 나와 해식애를 휘감고 덮는다.

눈동자가 대피항인 양 구름떼가
밀쳐지듯 몰려들어 혼란스레 산방산에 부딪친다.
잠들어 하늘을 닫아다오.
눈 감아 바다를 깨워다오.
산방산 잎사귀들이 마취에서 깨어나 떨고 있다.

5

새벽이 캄캄한 목구멍에서 귓가에 속삭이는
초록 잎들의 무수한 손가락을 펼칠 때
새벽이 사계리 현무암 돌담을 스쳐지나며
대기 속으로 산방산 삐걱거리는 소리를 못 박을 때
새벽이 멀리 한라산의 그 높게 빛나는 희디흰 몸으로 올 때
너희들은 가늘게 뜬 눈으로 웃는다.

새벽은 공기의 문을 밀치며 들어서지 않고
이틀 전 돌담 아래 설핏 흘긴 흰 수선화나
돌담 위 빨간 동백이 벌써 활짝 핀 걸 발견하듯
너희들 속 숨어 보이지 않던, 놀란 무언가가 슬며시 나타나
새벽은 그렇게 잠시, 산방산아!
파도의 숨은 한쪽 끝 들킨 웃음이다.

16

새벽 바다가 차갑게 빛나는 빛 비늘로 검은 구름

185

내리누르는 스크린에 레이저를 쏘아댄다.

고요하고 정적인 바다와 물거품 부산한 물질하는 바다는
서로 숨 막힘의 끝 층 적막에서 숨비소리로 터진다.

구름 뚫은 어슴푸레한 빛살이 마을 곳곳에 꽂히고
음향이 바람에 날려 커졌다 작아졌다 퍼져나간다.

새의 눈은 섬 이쪽 끝에서 저쪽 산꼭대기 등대로
빠르게 이동하여 저 멀리 수평선으로 사라진다.

막배가 끊긴 저녁이 다시 돌아오면
보리밭에서 시작한 노란 고요는 흰 수국 꽃잎에 깃든다.


17

항구에 도달한 자는 먼 길을 가야만 한다.

나뭇잎 뒤에 숨은 매미들이 전기면도기로

공기 중에 숨은 습기를 깎아낸다.

섬에 아름다운 어둠이 오고
잠은 세탁기처럼 불안한 빨랫감을 뒤적인다.

수평선 멀리 보는 시선은 바람이 되어 돌아오고
돌아온 바람은 등대 높은 망루와 악수한다.

세상 뒤로 숨는 이는 지금
이곳을 목발로 짚고 용골 아래서 잠 깬다.

항구에 도달한 자는 먼 길을 가야만 한다.


    19

걷는 것 주변으로 길거리의 힘이 몰려든다.
걷는 것 앞으로 생겨나 펼쳐지는 길거리.

바람이 걷는다. 비가 걷는다.

빗물 웅덩이가 걷는다. 욕망이 걷는다.
돌이 걷는다. 나무가 걷는다.
예감이 걷는다. 부동이 걷는다.

여름이 걷는다. 눈부심이 눈을 친다.
걷는 것들의 눈물의 만화경 속에 두세개의 하늘이 춤춘다.

나뭇잎들이 햇빛을 부드럽게 깎아내면서
길 위에 단호한 색깔의 그림자들이 무늬를 만들어낸다.

없던 길들이 마구 자라나는 가까운 미래에서 길거리가 돌
아본다.
홀연 걷는 것이 빛난다!


4


머릿속에 물이 가득 찬 수영장이 있다.
생각지도 않게, 무언가가 갑자기 다이빙해서
뛰어들고, 물이 까슬한 천으로 만든 꽃으로

활짝 피어나서는 더이상 시들지 않는다.

물이 눈꺼풀을 닫을 듯 무겁게 조을고
햇빛이 바닥에 물그림자 무늬를 그린다.
머리 바닥이 일렁인다.

시트는 하얗게 펄럭이며 물로 가꾼
침대를 건넌다. 아득한 수평선을 향해
물로 가득 찬 잠이 금세 지워지는 고랑을
남기며 물결치는 때로 고요한 꿈을 건넌다.

　　7

눈 내린 새벽 숲. 인적커녕
토끼 유령 발자국 하나 없이.
수평은 백색, 수직은 검은색.

딱딱하고 마른 가지 사이로
가는 눈 뜬 태양이 공작새

꼬리 주홍 깃털 팽팽히 펼치자
누운 흰 눈이 갓 살아난 분홍빛으로

바뀐다. 저 깊은 얼음 속 냉동
눈꼬리 풀리며 흰 눈 희미한
분홍 미소 가루, 혈액의 열기는
실핏줄에서 심장으로 번진다.


   9

들판은 눈을 열어 바람 멀리까지 데리고 다닌다.
검은 구름이 하늘 아래 빠르게 흘러갈 때
들판은 끝없이 술렁이는 풀들의 파도로 쫓는다.

들판은 지는 해의 붉은 그림자를 살 속에 간직하고
말똥구리의 가늘고 간지러운 다리를 새긴다.
들판에 눈 내릴 때 눈 하나하나 떨어진 자리를 기억한다.

밤이 삼키지 못한 환한 눈 들판에 별 더 깊고,

들판의 흰 나신을, 밤에 뛰어간 소녀의 절박한 맨발을, 숨긴다.

들판의 비밀은 얼음새꽃 노랑 꽃잎으로 변모한다.


　　8


낭떠러지에 임할 때 먼 대양에서

이리로 몰려오는 물결들이 고함친다.

살아! 살아! 살아! 목소리에 찢는

감촉이 살아 헐떡인다. 머리에서


짜내는 깊은 물의 고래가, 지나가는

힘센 물살을 쓰러뜨린다. 맥박의

노란 주둥이가 안에서 못을 박듯

갈빗대를 친다. 섬광 생각이 뒤집는


파도의 짧은 솟구침이 숨 위를 스쳐

난다. 낭떠러지와 바다가 같은

높이로 나란하다. 하늘과 생각과 바다가 섞인다.

## 6

진초록 가슴팍 위에 백서향 흰 꽃이 어른거린다.
쓴 입맛의 머리 모양 꽃 시선이 두개골 깊은 곳을
끌어당긴다. 멀리 산이 시커멓게 일어서고
흰 것은 흰 것끼리 더 커지고, 대리석 윤기 나는
더 무거운 바람 속에 얼마나 가벼운가, 기억의 망사는.
향기가 머리 혹은 가슴의 독을 단단하게 말린다.

## 13

바람은 보이지 않아 그 형상을 알 수 없지만,
모든 게 바람이 되려 몸부림친다는 건 분명하다.
바람은 지나가는 지나가버리는 사라져버리는 힘이다.
한 여자의 긴 머리카락은 머리를 떠나버리려 몸부림치는
깃발이다.

염소발 사내는 세면대에 엎드려 있다.

흰 자기로 몸이 늘어나며 휘파람 불면 구멍 뚫린다.
멀리 거울에서 휘이 구멍이 끓어올라 넘친다.
변기 속 소용돌이 아래로 부글부글 사라졌던 바람이

등성이에서 자잘한 화산석 위로 흰 등을 오물거리며
휘파람 부는 염소들 사이에 매끄러운 하얀빛으로 반짝
인다.
누워 평평한 바다가 가끔 뒤집으며 흰 등짝을 내보이듯
그렇게 바람은 가끔 살점을 베어가는 공백이었다가 수직
의 정적이기도 한
없어져버림의 힘이다.


3

꽃들이 소리친다는 걸
이 들판의 끝에서 알게 됩니다.
아, 작은 것들. 바람에 몸부림치는,
목소리를 위한 몸만 있는 것들.
어두운 배경에 희어서 확고한 것들.

10

봄이 당도하기 서너발자국 전에 앙상한
가지들은 눈 들어 꽃 필 자리를 겨냥한다.
고양이는 뛰어오를 곳을 조준하며
시선을 고정하고 발끝에 긴장을 모은다.

나무에도 고양이의 힘과 근육이
들어 있어 나무는 발끝을 움츠려
수액을 끌어당기고 가지를 펼쳐 하늘을
두드린다. 개울가 나무들이 감추고 있던

주홍 발톱을 일제히 내민다. 대기의 젖은
입술이 살짝 떨리고 매화 발톱들의
폭소 아래서 아직 오지 않은 시간이 도약한다.

12

햇살이 살이 되어 연속으로
떨어진다. 잎은 미동 없고
흙은 파이지 않고 모래는 튀지 않는다.

햇빛이 부서진다. 파편이 반짝인다.
공중이 뚫려 잘 보이지 않는다.
나뭇잎들이 수상한 표정을 짓는다.

햇볕이 대기를 빨아들인다.
무수한 잎들이 달라붙어 물고 따갑고 간지럽다.
원이나 사각형을 만들고 그늘을 만든다.

하늘이 내려앉아 늘어진다.
가지에도 지붕에도 돌 틈에도 하늘 조각이 걸린다.
개울에 빠진 채 흘러가지 않는다.

하늘이 부서져 숨 쉬기 힘들다.

모든 게 부옇게 탈색하고 휘발한다.
구름이 지상에서 부풀어오른다.
해가 찌르고 부서지고 숨통을 빨아들인다.


11


여름 숲에는 올라가보지 못한 녹색 계단이
있고 내려딛지도 못해 눈앞에 등장하기만
하는 잎 잎 잎들의 나선 계단이 있다.


보이지 않는 가까운 곳에서 터져나오는
새의 격한 소리가 가슴을 휘젓는다.
나무와 나무 사이 겹겹 잎과 잎 사이


창문은 항상 열려 있음에도 창문은 항상 세차게 열어젖
힌다.
내다보기 위해 다가가면 나무는, 잎들은
물결이 되어 뒤집으며 숲은 멀리 푸른 바다로 일렁인다.

20

비 오기 전 여름 저녁은 옅은 쥐색이다.
천둥은 키 큰 덤불숲과 절벽 속에 웅크린다.
천둥은 나이팅게일의 심장 속에도 들어 있어
하늘과 나뭇가지에 열매를 맺는다.

버스 헤드라이트가 산그늘을 차갑게 용접하며 모퉁이에
서 사라진다.
검은 산에서 번개가 자란다. 비가 내린다.
번개, 출현의 표지인 번개가 비가 착륙하는 모든 것들 위
에서 자란다.
하늘 높이 나이팅게일의 심장에 걸린
번개의 휘발하는 쥐색 목소리를 들을 수 있다.

15

저녁이 구름 뒤에서 남은 한개비 성냥을 긋고
섬 이곳저곳에 흩어진 수국들이 낮게 엎드려 손을 둥글게

모아 마지막 불꽃을 보호한다.

먼 하늘에서 가까운 공기에서 퍼져나가고 떠도는 잔빛의
운동 속에서

빛과 어둠이 서로 부딪치고 몸을 섞으며

점액을 뒤집어쓰고 기름을 뿜는 것은 바로 이때부터다.


구름은 어둠으로 빛나면서 빛의 꼬리들을 불태운다.

바다 건너 가까운 지미봉 식산봉 성산봉…… 봉…… 봉우
리들이 더 짙은 어둠으로 빛나며 술렁이는 건 이때부터다.

바다의 삼각파도가 하늘 거울에 더 검은 또렷함으로 반사
되는 건.

바다는 수많은 쇠지레가 마구 뒤엉켜 어지럽게 쌓여 검게
빛나는 쇠 공구 공장.


태풍이 몰아치는, 눈사태를 뒤집어쓰는 섬의 어둠은 이때
부터

콘크리트로 지은 그림자들로 검은 공백을 빨아들이고 감
싸며

검은 체액이 드나들어 구멍 숭숭 뚫린 채

검게 가라앉으며 고집스레 과묵하고 적막한 고요로 빛
난다.


　1


일몰. 석양빛은 무덤을 거부하는
지평의 한 나무를 밝게 비춘다.
어스름 속에 불 켠 창문.


벌어진 골짜기, 찢어진 가지.
번개 치는 하얀 하늘.
노란 화염 둥치, 불타오르는 언덕 굽이.


모든 게 묻히듯 사라져가는데, 나무는
제 몸의 램프로 길을 연다.
밤 가까이 반짝이는 얼굴.

2

불타는 방에서
파도가 뛰어올라 잡으려는 적란운.

나란히 있되 손에 손을 잡지 않고
흔들리는 느린 춤.

불타는 방에서
손가락을 슬픔에 적시고

바라보는 법을 배우지.
불타는 방에서

구름 구릉이 기우는 마지막 빛의 시선에
타오르는 깃털을 떨어뜨리고

유독한 시간 깊숙이 날아가는
불타는 방에서.

18

칠월의 별 꺼진 밤.
바다는 푸른 램프로 은근하다.

울퉁불퉁한 램프 유리에
섬들이 나방처럼 달라붙는다.

부두의 바다 입술이 달싹인다.
난바다의 바다보다 부두의 바다가 빨리 늙는다.

절벽 위 키 큰 나무는
수천의 잔가지를 뻗고

안에서부터 느린 동작으로 잎들을 밀어낸다.
앞뒤로 흔들리고 안팎이 없는 바다를 사출한다.

14

수평선은 다문 입술의 선.
시선은 수평선에 입 맞추어라.

베인 살에서 피가 배어난다.
신경에 불이 켜진다.

해 지는 서녘 하늘이 폭발한다.
바다는 불 속에 발을 들였다.

문제는 파도와 머릿속이 아니라
오직 보랏빛 하늘, 검정의 왕국 속에 있다.

# 네번 접은 풍경

### 17

너는 여름이 지미오름 위로 달리는 것을 보았다.
너는 하늘의 색채가 시간에 맞서 싸우는 것을 보았다.
너의 과거가 천둥 소리에 휩싸일 때
번개의 섬광 너머 너의 미래가 기웃댄다.
아득한 수평선에서 시작한 비가
삽시간에 깜박이는 너의 창문을 때릴 때,
스스로를 분해하며 너는
비 오기 전과 비 오는 지금 이 순간의 경계를
보았다, 너의 죽음 속에서도 삶이 거듭되는 것을.

### 1

전구 켜진 환한 살갗

### 2

아픈 고양이

네 환부의 시선이
충분히 밝게 비춰줌으로써
잇닿은 생각을 다시 보고
만지며 수리할 수 있었다.


11

유리를 두드렸다. 그 안에
네가 갇혀 있기라도 한 것처럼
네 머리를 두드렸다.

죽음은 단순하다.
복잡한 거짓말이 반짝이는
생의 미로에 비하면 죽음이 옳았다.

밤하늘이 아치로 구부러지는 그 아래 서서
머리 위로 낮은 별들이 날개 치는 소리 듣는다.
머리가 커진다.

처음에 사사로운 것에서 시작한 것이
너를 넘어섰다. 산이
아침 빛을 받아 날갯죽지가 부풀어오른다.

개울물이 투명한 손으로
빛의 모시 천을 들어올린다.
무수한 곤충의 중얼거림이 하늘을 두드린다.

네 머리를 두드린다. 그 안에
죽음을 설계하는 사물들이 유리를 두드린다.

정신을 세공하는 유리 안에 훤히 드러나는 사막들.
폭풍을 몰아오는 공기를 펴서 두드린다.
하늘이 모래로 불타오른다.


14


바다를 향해 부리를 길게 뻗는 곳은
발각된 바로 그때 막 도약하려는 맹금의 긴장된 순간,

우뚝 깎아지른 바위 절벽이다.

좁고 긴 꼭대기에는 오랜 시간 각지에서 날아온 먼지 입자들이

때로는 태풍을 타고 바다를 건너서

때로는 안개에 섞인 채 은밀히 숨어서

자리 잡아 두껍게 흙으로 덮였다.

흙에서는 개밀들이 제멋대로 자라나 바다를 향해 세차게 나부낀다.


너는 네 머리에서 뛰쳐나가고 싶다.

난바다 쪽으로

수평선을 넘어 빛이 숨는 쪽으로.

네 몸은 문들이 꽉 닫힌 바위여서

거기서 도망칠 수 없다.

다시 다시 또다시

기슭에서 하얗게 피었다 지는 파도는

네가 바다로 내디딜 때

첨벙거리는 발걸음으로 보임직한 충동적 환시.

개밀들 사이로 노랗고 하얀 작은 꽃들이 허공에 소리친다.
아무것도 잡을 것 없이 무엇이든 절벽 아래로
아득히 떨어지기만 하는 곳.
그곳엔 먼바다를 내다볼 그 무엇도 서 있을 수 없다.


   13

너는 바다와 하늘에 붙들렸다.
너는 빠져드는 아득한 멀어짐의 적막이
이곳에 붙들어 세워둔 고독한 돌.


   너는 거대한 눈동자 앞에 있다.
   하늘과 바다 이 하나의 푸름을 샤프심 얇고 여린 수평선
이 긋고 나눈다.
   하늘의 눈꺼풀이 아침, 정오, 저녁, 밤의 시간 따라 열리고
좀더 열리고 닫힌다.


   그 심오하고 섬세한 빛깔의 입술을 너의 덫은 잡지 못한다.
   너는 숨 막히고 망연한 저 넓이와 멀어지는 거리의 깊이

로부터 아무것도 훔치지 못했다.

꽃들의 조명은 눈부시지도, 이 정밀한 고요를 흩뜨리지도
않지만 강렬하다.

웃어요. 그저 시간의 아름다움에 기대요.
삶은 늘 한 개체의 망실을 견디는 거니까.
또 죽음은 이 세상의 소멸은 아니니까.

8

네가 입 열 때마다 폭탄이 터진다.
피할 수 있다는 듯 몸을 웅크리고

폭발과 폭발 사이 기습적으로 입 맞춘다.
파인 곳에 혀를 담그며. 파편마다

피 맛이다. 입맞춤은 간절한
치료 행위, 혀는 연고 바른 붕대.

너는 구명환마냥 격랑 위에 있다. 물은 녹색,
파란색, 암청색, 회색, 검은색, 부딪칠

때마다 빛이 다르다. 다다를 때까지
버틸 수 있을까? 비가 구멍 난 물과 섞인다.

물기둥에서 물 절벽까지 흔들린다. 수시로 바뀌는 물꼴.
몸이 몸을 받친다. 몸에 몸을 포갠다.


   12

컵이 네 입술에 대고
말하는 걸 들어봐.
아예 말이 되든지.
아니면 말 같은 물이 되든지.

숲길에서 내딛는 네 발끝에 대고
얘기하는 땅벌을 따라가봐.
아예 벌이 되든지.

아니면 벌 같은 돌이 되어 날아가든지.

입술에 달려드는 입술을 봐.
촉촉함을 부드러움을 만져봐.
아예 빛을 빠는 입술이 되든지.
아니면 방충등을 빨다 죽는 각다귀가 되든지.

네 해안은 방파제로 벌어진 입.
갇힌 대양의 속삭임을 들어봐.
아예 대양이 되든지.
아니면 따갑게 쏘는 반짝임이 되든지.


9

그냥 가지런히 조용히 누워 있겠어.
누웠다고 핀잔할 거면 앉았다고 할게.
누가 너를 번쩍 들고 바닥에 쓴다고 해봐.
나무가 뒤집히고 하늘이 떨어지듯 돌겠지.
이마가 쏠리면서 쓰라리고, 꾹꾹 눌러

땅이 패면서 흔적이 생긴 걸 더듬으며,
아니…… 누가 무엇을 읽어낼까? 좀만 기다려.
겉옷을 벗고 입으로 쓸게. 이빨로
종이를 물어뜯기도 하면서. 아니…… 말하지
않고 애무할게. 여기든 저기든 거기든
그냥 있을게. 조용히. 미안. 무게로,
있음으로 눌러서, 미안. 그냥. 조금만.
들으려고 하지 마. 말하지 않을 거니까. 아니……
네가 거기 있듯 그냥 있을게. 네가
바라보듯 그냥 볼게. 아니…… 보지 않아도
관심 없어도. 있든 없든 늘 그렇듯이.


7


나무 한그루가 강이다.
흐르는 물결에 담겨 너는
표류한다. 이 지류에서 저
지류로 나무껍질을 두드리며
너는 팔을 뻗는다. 열어본다.

나무에 사과가 달린다.
가지와 열매 사이 꼭지가
연결된 채인데, 누가 이미 베어 문
사과. 결혼하기 전 이혼하는
만년의 양식.

별빛 도착하기 전
이미 소멸하고 없는
우주 나뭇가지에 달린 먼 별들.


  5


겹겹이 쌓은 여름을 쥐어짜 흘러내린 한순간이 있다.
방 하나에 모든 여름을 농축한 어떤 한 시간이 있다.

파란 강 위에 터질 듯 하얀 솜구름,
느리게 흐르는 일탈과 한껏 핀 가벼움.

범람할 듯 위험한 수위 곁 낡은 목조 건물.
물너울에 철썩이는 부들, 갈대, 초록 잎 식물의 맹위.

방 하나, 바글대는 햇빛 벌레들의 웅웅거림.
너의 벗은 가슴 아래 날카로운 하얀 시트.
너의 하얀 등 위에 햇빛 파편들과
소란스레 부딪치는 깨진 물방울들의 반짝임.

한여름의 한창이 모든 여름을 관통하는 시간.


   10

바다의 두꺼운 소란스러움을 끌어다 너를 덮어 가렸다.
   언 땅이 녹을 즈음 진흙 구덩이 군데군데 남은 눈 같은 중
얼거림이 튀어 얼룩덜룩했다.
   너의 얼굴은 소형 오토바이의 굉음 속에 문드러지는 여름
속으로 사라졌다.
   소나기가 왔고 물웅덩이에 스테인드글라스의 울긋불긋
하고 강렬한 색채의 향기 속에 네가 언뜻언뜻 비쳤다.

너는 봄의 한 구석진 곳을 희미한 고통으로 가격했다. 새들이 신음처럼 날아올랐다.

너는 솟아올라 흘러넘치는 불타는 돌이었다. 너는 끓는 죽으로 널브러지다가 돌계단으로 굳었다.

쐐기풀 흰 꽃에 앉았던 햇빛이 날개를 파닥이며 어두운 돌계단을 밝은 노란색 그림자로 감싼다.


15

너는 바닷가에서 현무암을 본다고
생각하지만 오래전부터 거기 있던
작고 구멍 뚫린 현무암이다.
너는 울퉁불퉁 튀어나온 현무암에
발을 딛고 있다 생각하지만 현무암은
새벽에 두 죽음을 본다. 죽음은
검푸른 빛 옷을 펄럭이며 너를 덮친다. 씹는다.
죽음은 유리가 되어 잘게 부서진다.
너는 젖었다고 생각하지만 유리에

자잘한 공포가 찢긴 채 비친다. 너는 네가
공포에 잠겼다고 생각하지만 파도가
밀려난 현무암에 새벽빛이 반들반들하다.


3

가느다란 가지 끝
화산 폭발하듯 네가 피어나고
불 잎, 흘러내리는 용암 잎에
며칠 사이 거듭, 눈 내렸다
그쳤다, 반복했다.

분화구에 담긴 겨울 호수.
동백꽃에 갇힌 그 파란 얼음.


6

아침 햇빛이 창을 통과해 벽이
분홍 뺨으로 수줍다. 너는

가지 위에 속눈썹 떨리는 잎으로
가는 눈을 뜬다. 발그레한 햇살 속에
옅은 하늘이 렌즈 뒤에 한쪽 눈을
댄다. 미나리아재비 녹색 귀들이 잠 깬
소리에 달라붙고 네 심장은 종이에
인화한 가시덤불에서 떨고 있다.


4

떠난 네가 남은 너를 보네.
시간이 새가 되는 지층 어디선가.


하얀 포말, 망각이 귀환하는 자리.
네가 없는 파도,


넘실대는 정점에서
몇초간 강철로 굳네.


바다 끝, 미동 않던 뭍이

없는 네 쪽으로 살짝 휘어지네.


16

집에게는 말하지 않고 애써 참는 그 무엇의 얼굴이 있다.

앞이 보이지 않는 몇개월 동안, 너의 집은 멀리서 바라볼 때만 내부가 보였다.

인간을 해치려고 집을 짓지는 않는다.

집은 개구리와 사물과 먼지와 그늘의 집이기도 하다.

환한 대낮에 사람들에 섞여 네가 거리를 걸어가고 있을 때 지하실은 지하를 끌고 계단을 올라온다.


* 7번 시의 '만년의 양식'은 지금껏 없었던 새로운 것을 만들어내고자 하는 작은 시작이다. 아도르노는 만년에 「베토벤의 만년의 양식」을 발표했다. 그 글에 촉발되어 에드워드 사이드는 죽기 전에 『말년의 양식에 관하여』를 썼다. 이에 감응하여 오에 겐자부로는 『만년양식집』을 마지막 소설로 썼다.

# Arcus+Spheroid


16

너는 내 몸 안에서
나보다 오래 살겠지.

머리에 고가철도를 쓰고
기차가 지날 때마다 기억하겠지.

인간이 비인간을 괴물로 보듯
비인간은 인간을 괴물로 본다.

멋진 지구가 바로 곁에 있으니 가보자.
갤럭시 S23의 지구 넓미역의 지구 비자나무의 지구 돌
a의 지구

모든 것은 자기를 중심으로 여타 것들과 접속한다.
우주에 있는 셀 수 없이 무수한 것들만큼 다양한 중심주
의가 있다.

우주에 무정한 것은 없다.
모든 불멸하는 것들 중 다정이 불멸한다.

너는 내 몸 안에서
우리보다 오래 살 그곳.


3


길게 뻗는 도로와 하늘 사이를 가로지르는 새들의
극최소 소음 비행에서 어떤 신호를 읽어야 하나?
차갑게 빛나는 쇠들이 온몸으로 빤히 쳐다본다.
쓰레기처리장 안 쓰레기들이 갓 생겨난 사물들 속에서
잇고 끊거나 끊고 잇는 서로의 옅은 숨을 오래 들여다본다.
길가에 버려진 잡동사니들이 가녀린 식물들에게 젖을 먹
인다.


4


강을 물어뜯는 저녁 햇빛.

공기를 뚫고 가는 불타는 바퀴.
속삭임은 물 위를 스치며 젖어서 온다.


강제 규격으로 도열한, 휘어지며 벌판을 긋는 포도밭 무리의 검은 세력.
뻗치고 휘감는 힘을 절단한, 강철 가지의 억제된 아름다움.
마늘밭 조그만 푸른 싹들이 어지럽히는, 외로운 교신의 귓속말.


혀 없는 입들은 강 건너 언덕을 넘어온다.
가지들, 싹들이 구부러지는 공중의 방에 갇히고
포도나무를 묶는 철사들 안에서 너희들은 은빛으로 울려퍼진다.


물로, 공기로 지어진 도시들. 부러진 구름을 쥐고
너희 사방에서 공기를 씹고 물을 주고받는 입맞춤들.
불안한 입들 위 굽이치는 고요를 뚫고 가는 불타는 바퀴들.

6

어떤 것에도 이어지지 않는 끊긴 길들이 유배 중인 장소.
너희가 생겨난 적 없었다는 걸 증명하기 위해
그곳은 너희의 부검을 너희가 스스로 집도하는 장소.
폐비닐 토막 난 쇠파이프 타다 만 슬리퍼 모나미 볼펜 썩
은 안락의자 알 없는 안경테 마스크 깨진 사발 피 묻은 생리
대의 레일 없는 기차에는 너희라고 특정할 만한 칸은 없다.
흔적들을 덮으려는 듯 모래와 자갈, 잡초 들을 흩뿌렸나,
아님 망가진 것들을 성형하기 위해 모래와 자갈, 잡초 들로
꿰맸나.
수술동의서에 휘갈겨 서명하듯 오동나무 뜨거운 그림자
가 햇빛 조명을 성글게 가리는 장소.


9

저 불안으로 떨리고
초조함에 서두르는 손가락들에게
셔츠의 단춧구멍은 단추를 풀어주지 않는다.

쉿! 입술 위에 손가락 세워 경고하듯
그녀는 그를 빗나간다.
감은 눈에서 눈동자를 적출하는 수술방에서 빠져나와

엇갈린 눈꺼풀 위에 활짝 꽃피는 홍채.
그 어떤 단추 채우기보다 힘든 단추 풀기.
입술에 입술. 눈에 숨 조준. 손가락 눈 입술이 더듬어 느꼈
으면 좋겠다.

고요히 가라앉은 사물 신체의 매혹들을.
구멍에 꿰려는 손가락들에서 멀찌감치
블랙 화이트 플라스틱 단추가 경험하는 정신의 어떠함을.

명경지수. 숨을 잠시 멈추고
제자리에서 멀리 내다보는 모눈에 검은 돌.
감은 눈에 하얀 돌.

1

겨울 산은 해가 빨리 진다.
사물을 분간하기 힘든 밤이
발목을 붙잡기 전에 서둘러
산을 빠져나가려 한다.

얼마 지나지 않아 눈이 내렸다.
눈빛이 밤의 정강이를 걷어차는 건지,
밤의 맹목이 밤을 지체하는 건지,
눈이 반사해낼 빛은 남아 있었구나.

고개를 돌려보니 멀리 솟아오른
흰 봉우리가 검은 하늘을
밀쳐내듯 눈앞에 부딪친다.
희고 뾰족한 산꼭대기에서

메아리가 돌아오라고 외친다면,
인간으로서 돌아가고 싶진 않아!

메아리가 흰 산의 목소리인데도
인간의 말로 어루만져 달랜다.


   12


돌을 던졌다. 목표물은 없었지만
허리를 굽히고 쇄석들 중 손에 잡히는
하나를, 앞을 향해 던졌다.


그건 마음의 돌출이거나
여기에 대한 막연한 불만일지도,
혹은 시간에 대한 불안일지도 모른다.


희한하다.
오늘 던진 돌이 어제로부터 날아온다.
유리처럼 선명하게 발끝에 떨어져 깨진다.


기억들이 바닥으로 가라앉으며
낯선 모양의 돌이 되어 돌아온 걸까?

돌은 기억보다 훨씬 오래되었다.
(돌의 기억은 지질학적 기억이다.)

돌에 들러붙은 시간은 사람이 마주치거나
접근하거나 생각하거나 상상할 수 없다.
돌은 미동도 없다. 집어 던질 수 있지만
어떤 시간에든 어떻게든 돌일 수는 없다.


10

사나운 바다가 에워싸고 있는 섬에
밤이 왔다. 검은 짐승의 막힌 내부.
하나가 된 암막을 거친 숨소리로 쉼 없이
뚫어내는 파도.

방의 불을 켤까 말까 망설인다. 엿보지 마세요.
집에는 아무도 들이지 마세요. 폭소가 터진다.
홀로 골똘히 어둠을 들춰보는 모습으로

조명을 비추어 섬 한곳에서 빛나는 무대는

오싹한 화산이다. 뒤에 어둠과는
다른 무언가가 있다. 사람 이상으로
신뢰나 무서움을 준다. 선인장은
뒤에서 짓누르는 무게로 있다.

뒤돌아볼 수 없어도 안다.
잎이 사각대지 않아 소리를 내지 않는
선인장의 생각은 더 검은 화산석이다.
뒤에 바짝 다가온 용암, 웅성대는 군중의 느낌.

고정하는 바이스들이 세게 조른다.
짜내지는 끈적끈적한 초록 즙으로 감각하는 분화구.
　뜨겁게 감촉되는 안쪽으로, 속옷 밑단 아래로, 검은 모래
에 푹푹 빠지는 느낌 통로로
　섬과 선인장과 머리가 파이프로 뚫린 갑옷 밤.

## 17

키 작은 어린나무들, 낮은 잡목숲과 덤불숲이 꿩들의 서식지다.
까투리가 알을 낳고 새끼들을 부화시킬 무렵
장끼는 외부 세계로부터 이들을 보호한다.

장끼는 다른 장끼가 자신의 영역을 침범하는 걸 가장 경계한다.
인간이나 다른 동물보다 같은 꿩들이 영역을 위협하는 일이 좀더 빈번하기 때문이다.
장끼는 잡목 덤불 사이로 사주를 경계하며 지나가는 것들과 소리에 예민하게 반응한다.

빨간 트랙터와 장끼가 처음 접촉했을 때 장끼가 트랙터를 적대하고 용감하게 맞서는 건
장끼의 오인 때문이라고 인간 동물학자는 해석한다.
빨간 트랙터가 밭을 오가면서 엔진 소리를 낼 때 숲 사이로 보는 장끼는 다른 장끼의 출현으로 느낀다는 것.

동물학자는 인간의 지각으로 꿩의 지각을 오인하는 건 아닐까?

장끼는 빨간 트랙터와 엔진 소리를 어떤 방식으로 어떤 형태로 감각할까? 또 빨간 트랙터는 장끼를?

장끼는 두 발로 때로는 날개로 빨간 트랙터가 멈추거나 영역을 벗어날 때까지 지칠 줄 모르고 맹렬하게 추격한다.

빨간 트랙터도 붉은 빛깔 장끼도 흔치 않은 첫 외계 접촉으로 놀랍게 생동한다. 이로써 들쭉날쭉하고 울퉁불퉁한 공생계의 테두리는 조금 더 커진다.


18

내면의 우울은 보이지 않아서 문제가 되지 않는다.
주머니 속을 뒤집어 보여주듯
내면을 뒤집어 외부로 노출하면

어떤 미상의 혹성이 필시 지구와 충돌하게끔
빠른 속도로 다가오고 있다.

개인의 멸절은 인류의 멸종보다 더 작지 않다.

개개인의 합이 인류가 아니다.
개인의 합은 인류보다 항상 더 크다.
인간은 인간보다 더 많은 사물이기 때문이다.

조가비와 짱돌 발성기관이 뒤엉키는 공사장.
조밀한 보리 낱낱의 각양각색이 푸른 바람 밭으로 굽이
친다.
뇌 속의 우울한 물질들이 그곳에 가고 싶어 한다.


19

바야흐로 인간 없는 세계에 도달하면,
어떠한 중심도 없이 행성과 행성만이 우주 공간을 운행
할까?
지구는 다시 회복하여 건강한 별이 될 수 있을까?
그건 뒤집어진 또 하나의 인간중심주의.

불빛은 그늘을 끌어당기고 그늘은 바스락거리며 불빛과 합해 빛과 그림자가 된다.

인간과 비인간은 화학적으로 뒤얽혀 있다.

종 차별주의, 한 종의 멸종은 없다.

한 사람은 인간이란 전체보다 많다.

생명이란 비생명을 포함하기 때문에 전체는 항상 열려 있다.


내가 아무리 비명을 질러도 거울 안의 나는 듣지 못한다.

작품 속의 인물과 작품 밖의 인물은 비실재와 실재라는 방화벽으로 차단되어 있다.

그러나 예술 작품에서 아름다움은 죽음의 경험이다.


시의 향유는 매번 죽지 않을 만큼 소량의 죽음을 복용하는 것.

시의 흰 목에서 흡혈하던 죽음은 얼굴을 떠나 미래를 가위질한다.

이차돈의 흰 피는 목에서 날아올라 여름의 밝은 공간에 활짝 핀다.

11

긴 타원형 활주로에 흰 페인트 화살표 무늬 화피.
작은 세상을 비집어 연다.

이륙을 기다리는 목소리가 있다.
속수무책으로 빠져드는 손가락 뒤에서

한데 꼬이는 외쳐 부르는 소리를 듣는다.
입구 출구를 뒤덮는 숨는 작은 세상.

안쪽 깊은 곳을 선회하는 비행은 아름답다.
나갈 곳도 없고 들어올 곳도 없는 숨은 세상은

침입하는 악몽을 지배한다.
무언가를 알기 위한 쏠모 있는 방법은 무언가를 먹는 것
이다.

연보랏빛 갈라진 연약한 네개 꽃잎 중앙으로
길고 뜨거운 손가락을 집어넣는다.

숲속에 우거진 큰 나무들 사이로
숨어 있는 듯 들키고 마는 난쟁이붓꽃은

질척거리는 모호한 숨음의 세계로 이미 물러나고
주름 속 끈적거리는 점액의 접촉이 혀끝에 남는다.


    13

굴뚝은 치열한 집중과
너무 많은 고함과
너무 많은 침묵으로 캄캄해.

성간 우주해에 한 인간이 빠졌어.
빛도 없고 공기도 없는 검은 바다에.
태양폭풍도 인간을 뱉어내지는 않을 거야.
음파탐지기에 잡히는 쥐어짜는 듯한 이 지독한 느낌.

점점 멀어지며 조금씩 소멸하는 이 막막한 느낌.
방향도 없이 무게도 없이 진공을 부유하는
막연하고 적막한 한점 사물의 이 차가운 물리적 공포.

발기한 기계와
그 은빛 미끌미끌한 경통만이
제 안에 고요를 지니고 있어.
오래전에 쾅쾅 두들겨진 끓는 쇳물의 고요.

우주해를 같은 궤도로 공전하는 매애매애 검은
나누기 기호와 천체망원경은
치열한 집중과
너무 많은 내분비액과
너무 많은 침묵과
너무 많은 눈으로 캄캄해.


14

사랑하는 사람은 죽음이 터져 폭발하는 황혼이고

우는 사람은 물길 옆 온갖 삶과 죽음을 섞어 비치는 아우라지 강이네.

오! 황홀함이여.

시간 속의 사람은 내부적 팽창이고
시간 뚫는 울음은 외부적 수축이네.

오! 번쩍하는 사랑은 수억광년을 여행하여 그 행성을 감각하네.

오! 행성. 오! 멀고 먼 거리.
사람 없는 세계의 황홀한 물리여.


2


불빛 없는 밤길에 창백한 반사광 하나 건널목 슥 건넜어.

거리의 빌딩들 벙어리 이마 들고 검은 구름 뒤편 달을 캐듯 괭이 번쩍 노려봤지.

하늘은 퀸 검푸른 썩은 고기, 검은 입술이 파리떼로 부풀어오르네.

하늘 종, 공기 종, 엎어진 투명한 유리컵 울림 내벽을 때리듯 회, 회, 회양목이 몸을 흔든다.

얻어맞은 공기 입방체는 조각난 빛 파문을 뿌리며 오그라든다.

회, 회, 회양목의 비명이 휘발하며 타오르는 숲의 회색, 초록색 공기, 가쁜 탄식, 식물들은 차, 차, 차가운 불이었다.


8

건너편 저쪽을 가림 없이 보여주지만 향기나 주무름을 차단한다.

맞은편 뚜껑 열린 입술에 입술을 대니 냉정한 쌀쌀함이 거기 있다.

건너편에서 이쪽을 보면 까뒤집은 민망한 속일까?

면에 생긴 스크래치나 울룩불룩이 저쪽 면을 굴절시키거나 저쪽 느낌에 무표정한 줄을 긋는다.

이쪽과 저쪽을 매개하는 시선은 차갑다.

차가움이 토라지면 뒤돌아 등을 보인다.

고집불통 등을 안아주려는데, 갑자기, 연민하는 이쪽을

비춘다.

　감정을 발가벗겨 내관하는 반사는

　눈 녹은 뒤 벗겨지는 과잉 감정의 질퍽한 진창을 거침없
이 가리킨다.


　　　5


　보트에 누우면 물의 울퉁불퉁한 표면과 속도가 느껴진다.

　차가운 초록빛 그늘이 은연중에 보트를 끌어당긴다.

　유혹의 손목에서 잘려나간 손이 햇볕의 치마 밑으로 들어
갔다.

　아치를 이루며 흔들리는 재잘대는 목소리들이 물속으로
뛰어든다.

　물에 풀리는 푸른 잎사귀들은 소란스러운 장난기를 감춘
소녀들의 매혹이 된다.

　열망하는 것들이 물을 뒤집고 튕기며 보트를 둘러싸고 흔
든다.

　태양의 가느다란 팔이 이 모든 걸 투명한 상자에 넣고 리
본을 묶는다.

태양, 물, 손, 보트, 소녀, 잎사귀, 장난, 목소리……, 모든 사물은

눕기와 일어나기의 반복 패턴을 여름의 교직하는 디자인 속에 꾸며넣는다.

* 17번 시는 SBS 'TV 동물농장' 1123회 〈트랙터 집착 펑〉을 본 후에 썼다.

# 지나간 다음에 쓰이는 언어

### 김나영

1

『머리에 고가철도를 쓰고』는 1988년 『창작과비평』으로 작품활동을 시작하여 올해로 시력(詩歷) 38년 차인 시인의 아홉번째 시집이다. 그동안 시인 자신과 많은 평자들이 공통적으로 말한 바가 있듯, 채호기 시의 특징적 세계관은 물질과 정신, 육체를 구성하는 요소로서의 감각과 사유와 언어들의 화해와 불화에 대한 진술과 묘사로 요약할 수 있다. 시인이 "나는 지금까지 몸에 대한 문제를 늘 염두에 두고 시를 써왔는데, 몸은 단순히 피와 살과 장기로 이루어진 신체가 아니라 언어를 중요한 부분으로 포함하고 있다는 사실을 뒤늦게 깨달은 것이다."(『손가락이 뜨겁다』, 문학과지성사 2009, 표4)라고 썼듯이 오랜 시간 그의 시는 '언어'에 천착해왔다.

거기에 있으면 아무것도 아닌 돌을 우연히 바라보고 그것의 의미를 생각하고 발화하게 되는 데서 시 쓰기의 시작을 새롭게 발견하게 되었던 것이다.

그러한 여정에서 최근에 이르러 그의 시는 물질과 정신을 경계 짓거나 단순히 사물과 생물의 차원을 나누는 데 그치지 않고 '비인간'이라는 용어를 통해서 지극히 인간적인 관점과 삶의 양식을 의심하는 데에 이른다.

> 너는 내 몸 안에서
> 나보다 오래 살겠지.
>
> 머리에 고가철도를 쓰고
> 기차가 지날 때마다 기억하겠지.
>
> 인간이 비인간을 괴물로 보듯
> 비인간은 인간을 괴물로 본다.
>
> ——「Arcus+Spheroid」* 부분

* 'Arcus+Spheroid'는 표지에 사용된 화가 이상남의 그림 제목이기도 하다. 이 작품은 말 그대로 직선과 곡선, 타원과 같은 단순한 형태의 반복과 겹침을 통해서 시계태엽 같은 기계장치나 인간의 내장 같기도 한 형태를 보여준다. 또한 시간과 공간에 대한 양자역학의 이해를 비언어적으로 표현한 것처럼 보이기도 한다. 일종의 힘 또는 에너지라고도 할 수 있겠다.

시집 말미에 실린 세편의 장시(長詩)는 1부터 17, 혹은 20까지의 번호로 구분되어 있지만 배치 순서가 뒤섞여 있다. 번호 순서대로 재배열해서 읽어보는 묘미도 있지만 위에서 인용한 「Arcus+Spheroid」의 경우 16번으로 시작하고 그다음 3번이 이어지는 데에는 그만한 이유가 있을 것이다. 이 장시들은 시어와 시구를 통해서 본문의 의미를 본격적으로 탐문해보기도 전에 불규칙성의 규칙이라고 할 만한 일종의 장치 앞에서 막연해지게 된다. 번호 또한 하나의 시어처럼 선후 관계 속에서 특유의 의미를 갖게 되는 것일까, 이러한 뒤섞임은 무작위적인 것일까, 혹은 정교하게 계산된 결과일까 등. 차라리 번호가 없었더라면 갖지 않았을 선입견이 시 앞을 가로막는 것이다. 지극히 인간적인 구획들, 고정관념을 헤치고 시를 읽어보려는 시도가 필요하다.

위에서 인용한 부분은 「Arcus+Spheroid」의 도입부인데, 이 시는 '너'를 향한 의문과 해명으로부터 시작된다. '너'는 "내 몸 안"에 존재하며 '나'라는 인간의 유한성을 초월한다. 시집의 제목이기도 한 "머리에 고가철도를 쓰고"는 '너'의 한 부분을 표상한다. '너'는 머리가 있고 기억도 할 수 있지만 확연히 인간과는 다른 형상을 하고 있다. '너'는 동시다발적이고 급속한 흐름과 교차하며 변화하는 인간 삶의 양상을 증명하는 대상("고가철도")을 뒤집어쓰고 있다. 한눈에 담을 수 없는 거대한 교량과 교각, 그리고 그 위아래를 피톨처럼 흘러다니는 위태로운 붉은 브레이크등의 행렬이 떠오른다. '너'는 인간 밖에 있으면서도 인간을 포괄하며, 불현듯 인간 내부를 관통하는 결정적인 기억처럼 존재한다.

인간이라는 유기체와 인간의 역사가 만들어낸 물질문명을 아울러 '인간'이라고 쓴다면 그 밖에는 무엇이 있을까. 아마도 아무것도 없을 것이다. 채호기의 시는 마치 '리버시블 인간관'을 장착한 채로 이 세계를 바라보는 듯하다. "길게 뻗는 도로와 하늘 사이를 가로지르는 새들"에게서 "극최소 소음 비행"을 보고, "쓰레기처리장 안 쓰레기들"이라는 무명의 사물들 가운데에서 신생아의 가쁜 숨결과 아이를 받아 안는 혈육의 감격을 보듯 "잇고 끊거나 끊고 잇는 서로의 옅은 숨"을 발견한다. 그의 시는 이른바 비인간과 인간의 구분을 무화하면서 그 구분이 만들어놓은 미궁을 오래 들여다보는 데에서 쓰인다. 철과 콘크리트로 뒤덮인 땅 위를 날아가는 새들은 "차갑게 빛나는 쇠들"이 되어 '나'를 "온몸으로 빤히 쳐다"보고, "길가에 버려진 잡동사니들"이 오히려 제 설 곳을 잃은 식물들에게 "젖을 먹인다"는 관찰은 '나'로 하여금 그 자신이 어떻게 존재하는지를 거듭 되묻게 한다.

우주에 무정한 것은 없다.
모든 불멸하는 것들 중 다정이 불멸한다.

너는 내 몸 안에서

우리보다 오래 살 그곳.

—「Arcus+Spheroid」 부분

'너'는 인간도 비인간도 아닌, 모든 존재에 내재하는 '다정' 같은 것이다. 그리고 이 '다정'은 관계를 통해서 발생한다. '나' 혹은 '너'라는 개별적 존재가 어떤 인내심과 통찰력을 갖고 있다고 해도 단독으로는 발휘하지 못하며, "자기를 중심으로 여타 것들과 접속"할 때, 이것과 저것이 만나고 통하면서 일종의 화학작용을 일으킬 때, 마침내 '나'와 '너'가 뒤집혀 몸을 바꾸고 더이상 '나'와 '너'로 구분하는 것이 불가능해질 때 '다정'이 생겨난다. 채호기의 시는 '다정'이라는 명명으로 하나 이상의 무엇을 연결하고, 그 접속에서 발생하는 고유한 힘을 말해보려고 한다.

'다정'은 흔히 긍정적인 감정의 표현으로 쓰이지만, 사전적인 의미상 '무정'의 반대말로서 온갖 종류의 다양한 감정을 아우른다. 감정의 있음을 지시하는 말이다. 단독자로서 존재한다는 것은 아무런 감정이 없이 존재한다는 말과 같을 텐데 그와 같은 존재 방식은 거의 불가능하다. 채호기 시의 관점을 빌려 말한다면, 인간의 고독은 기계에서 떨어져나간, 그럼에도 기계를 멈출 수 없는, 알고 보니 자신이 세계의 불필요한 부품이었을 뿐이라는 자각이다.

2

　다정을 추구하기 위해서 채호기 시의 화자는 인간보다는
기계가 되기를 갈망한다. 인간적 관점에서는 역설적으로 보
이는 이같은 포부는 다정이 인간 내부에서 자체적으로 발휘
하는 주관적인 능력이 아니라 둘 이상의 관계의 역학을 통해
서 발생하는 힘과 같다는 인식과도 연관한다. 이 힘은 바람
처럼 나타나자마자 사라져버리는 것("바람은 지나가는 지
나가버리는 사라져버리는 힘이다", 「풍경의 알고리듬」)이다.

　　시는 언어의 도살장.
　　불끈 언어의 *사건의 지평선*에서
　　조각난 파편으로 웅크린다.

　　어둠의 푸른 표면의 밀도를
　　*호킹 복사*하는 회전타원체.

　　언어의 하늘에 몰려오는 시는
　　수평의 거대한 사건, 아치 구름이다.
　　　　　　　　　　　　　　　　—「앞에 괸 시」 전문

　4부의 서시이기도 한 「앞에 괸 시」는 시집의 주체를 강렬

하게 묘사한다. 기울임체로 강조한 '사건의 지평선'*과 '호
킹 복사'**는 물리학의 개념으로서 일상에서 흔히 사용하는
말이 아니다. 따라서 언어 자체가 심리적 거리감을 발생시
키면서 앞서 말했던 다정의 조건이 모든 언어 속에 이미 내
장되어 있다는 것을 감지하게 한다. 블랙홀의 특성 같은 양
자역학에 따른 물리학적 관찰과 증명의 내용들 또한 이 시
가 세계를 감각하고 인식하는 데 바탕이 된다. 즉 '시'는 단
순히 물리적으로 배열한 언어의 일부분이거나 종합이 아니
라 "수평의 거대한 사건"으로서 그것을 구성하는 언어와 언
어 사이에 호킹 복사에 견줄 만한 우주적 사건이 발생한다
는 말이다.

  흥미롭게도 채호기의 시는 언어가 "수평의 거대한 사건"
으로서 발생하기 위해서는 언어의 동물성, 혹은 언어가 거

---

  * 이것을 관측할 수 있는 가장 대표적인 예로 블랙홀의 경계면을
    들 수 있다. '사건의 지평선' 또는 '사상 지평'은 일반 상대성 이
    론에서 예측된 개념으로, 내부에서 일어난 사건이 외부에 아무
    영향도 미치지 않게 되는 경계면을 의미한다. 블랙홀이라는 이
    름이 붙은 이유는 블랙홀 너머로부터 빛을 포함한 어떠한 정보
    도 관측할 수 없기 때문이다.
  ** 1973년 이스라엘의 물리학자 야코브 베켄슈타인이 블랙홀이 특
    정한 온도를 갖고 이에 따라 열을 복사한다고 제안했으며, 1974년
    영국의 물리학자 스티븐 호킹이 굽은 공간의 양자장론을 사용해
    블랙홀의 복사를 증명했다. 이에 따라 양자역학적 효과로 인해
    블랙홀이 방출하는 열복사를 '호킹 복사'라고 한다.

느리고 있는 인간의 흔적을 우선 삭제해야 한다고 믿는 듯하다. 체온과 운동성과 그 자체의 감각과 경험과 기억 등 인간성을 구성하는 요소라고 할 만한 모든 것들을 지우고 철저히 소독된 하나의 기계 부품처럼 언어를 활용할 수 있다면, 한치의 오차도 용납하지 않는 새로운 우주적 발견이 가능할 것인가.

> 그것은 너의 몸속에 그것을
> 묻을 그것의 흰 종이다.
> 그것은 너와 네 꿈으로 합산한 몸을 둥글게
> 말고 공처럼 벽에 던져졌다.
>
> 너는 그것의 머리를 묶은 바다를 풀어낸다.
> 그것은 작은 입술이 되어 너의 젖가슴 사이로 파고든다.
> 불을 끈다. 불꽃을 위해
> 종이에 담은 네 심장을 돌려주마.
>
> ──「맨 앞에 괸 시」 부분

이 시집의 첫번째 시 「맨 앞에 괸 시」는 크게 두 부분으로 나누어볼 수 있다. 앞의 두 연은 화자가 '너'에게 전하는 말로, 뒤의 세 연은 자동차가 운동하는 물리적인 과정과 현상에 대한 진술로 읽을 수 있는데, 뒤의 세 연은 앞의 두 연과 의미상 짝패를 이루면서 부연의 역할을 한다. 이는 시를 구성하는 두 부분의 이질적인 어조의 결합이 제3의 의미와 같은 새로운 언어 세계의 창출을 가능하게 한다는 것을 암시한다고 하겠다.

뒤의 세 연은 시동을 켠 다음 자동차가 어떤 원리로 운동하게 되는지 그리고 그 운동의 부산물은 어떻게 발생하고 처리되는지를 진술한다. 기계나 에너지의 발생 원리에 대해서 문외한이라 하더라도 이 정도의 진술은 상식적인 것이라 볼 수 있다. 시는 뒤의 세 연의 상식적 언어를 원료로 삼아 앞의 두 연의 시적 언어를 움직이고 그곳에서 새로운 의미 작용을 기대하게 한다.

기계가 작동하는 방식에 대한 역추적 속에서 시가 움직인다는 것("시동을 켠다"는 말은 중의적으로 해석된다)은 여기까지가 앞의 두 연의 의미를 파악하는 데 참고가 되기 때문이다. '그것'은 "흰 종이"이고 "공처럼 벽에 던져지"기도 한다. '그것'이 시가 적힌 종이라면 다른 식으로 그것을 시의 '몸'이라고 할 수도 있겠다. "너와 네 꿈으로 합산한 몸"이고 "종이에 담은 네 심장"인 시는 더이상 추상적이지 않다. 자기를 포함한 세계를 연료로 삼아 점화하고 폭발하고 운동하고 이동하고 부산물을 만들어낸다. 그렇게 쓰이는 과정에서 시는 '나'를 이곳에서 저곳으로 이동시킬 뿐만 아니라 변화하게 하면서 끝내는 '나' 자신도 "빠져나"가는 것이 되게 한다.

두 발로 두 바퀴로
발도 바퀴도 아닌 그 사이
어떤 것이 길을 딛고 나아갈 때
심장도 엔진도 아닌
그 무엇이 부르르 떨릴 때

(사실 엔진은 없었다
얼굴이 전면 창유리였고
어깨와 팔이 운전대였으며,
사실 다리는 없었다
두 바퀴가 굴렀을 뿐
둥근 때로 네모난)

바람결에 실린 리듬이기도
땀으로 융합 배출되는 에너지이기도 한
인간이기에 어쩔 수 없이 겪는
탈진하는 정념…
…이……

정념이 한도에 다다랐을 때
기계에서 심장으로 솟구쳤던
정념을 운동으로 바꾼 말-행위

"나는 기계다……"
"이것은 기계다……"
인간 딱 그것 말고 기계
기계딱그것말고인간

　　　　　　　　　　　—「나는 기계다」 부분


　기계와 인간 또는 자연의 결합은 어떻게 가능할까. 채호기의 시는 이들이 모두 장치적 존재로서 부분과 전체로 구성되어 있으며, 한 부분이 다른 부분의 동력으로서 기능한다는 점에 주목한다. 인간이 다른 무엇과 구별되는 조건으로서의 '정념' 역시도 일종의 에너지로서 다른 운동으로 전환할 만한 방법을 모색할 수 있게 된다. 이 시에서 쓰고 있는 '정념'이라는 말은 앞서 살펴본 '다정'과 같은 층위에서 의미화가 가능할 것 같다.
　"나는 기계다"라는 비인간 선언은 다정에 대한 포고이기도 하다. '나'를 열어젖히고 세계와 교신하고 접속하려는 시도는 "바람결에 실린 리듬"을 따라 걷고 느끼고 마침내 탈진하기도 한다. 유한한 신체가 발휘할 수 있는 능력의 "한도에 다다랐을 때" '나'는 인간을 초월하는 일종의 '솟구침'을 경험하게 된다. 인간보다 기계이기를 원하는 바람에는 다정이나 정념과 같은 인간적 자질에 대한 비판과 부정적 태도가 아니라 오히려 그것을 더욱 갈망하는 욕구가 들어 있다. 에너지의 낭비 없이, 여기에서 저기까지, '나'에게서 '너'에게로 "말-행위"를 할 수 있을까. 시인은 마침내 "나는 기계다"라는 진술을 "이것은 기계다"라는 진술과 연결하면서 '나'와 '이것'이라는 말의 동질성을 직시하고자 한다. 그러한 결정에는 인간과 기계, 혹은 인간과 비인간의 관계에서 인간성의 옹호에 밀려 충분히 의미화되지 못했던 후자의 가치를 밝히고 강조하는 가운데 도리어 둘 사이의 구분을 공고히 하는 데 기여했던 그간의 언어에 대한 반성이 깃들어 있다. '인간 아니면 기계'라는 판단이 아니라 "기계딱그것말고인간"이라는 새로운 주체성에 대한 발견이 그것이다. 이 새로운 '나'의 발견은 물리적 결합의 방식을 차용해서 기존의 언어를 새롭게 조직하고 운동하게 만드는 힘의 창출이기도 하다.

3

일찍이 채호기의 시에서는 시각에 대한 감각과 사유가 구체적으로 펼쳐진 바 있다. 특히 수술대 위에 누워 '잘리는 눈'과 '꿰매지는 눈'을 보아야 하는 몸-눈에 대한 비유는 이전 시집들에서 구체적이고 직접적으로 다루어졌다. 그때의 눈은 보는 기관이 아니다. "눈은 생각한다"(「눈은 생각한다」, 『레슬링 질 수밖에 없는』, 문학과지성사 2014). 그런 경우 눈의 역할은 공포와 불안을 자아내는 것들이 결국 '생각'의 일부라는 것과 실제로 목숨을 위협하는 상황이 목전에 다가와 있지 않아도, 오히려 비가시적인 대상을 향한 상황에서 더욱 큰 공포와 불안을 체감할 수 있다는 것을 일깨워주는 데 있었다. 마찬가지로 날카로운 주삿바늘이 눈을 찌르려는 순간에도 실제의 불안과 공포는 바늘과 눈의 접촉이라는 물리적이고 의식적인 사건보다 그것을 초월하는 '망각'에서 발생한다.

보이는 것의 보이지 않음.
바깥의 빛이 내부를 향해 돌아선다.

안구 개방용 기구에 고정된 눈꺼풀
강제로 눈 뜬 흰자위에
뾰족한 바늘이 점점 닿을 듯 다가오고
감지 못하는 눈동자가 끝내 보고 있다.

언제나 스스로를 거부해야 하는,
공백 안에서 보는 자신이 지워지는.

눈동자를 반성하지 마라.
바늘 끝을 향해 돌아서라.
날카로움이 보는 자를 흩어지게 하라.

　　　　　　　　　　　　　　　—「개안기」 부분

이 시는 "안구 개방용 기구"에 눈꺼풀을 고정하고 치료를 받는 중에 "강제로" 눈을 뜨고 있으면서 경험하게 된 사실들을 바탕으로 하고 있다. 시의 제목인 '개안기'는 치료에 사용된 기구의 이름이다. 하지만 "보이는 것의 보이지 않음"을 역설하는 이 시에서 '개안'은 다중적인 의미를 갖게 된다. "강제로" 눈을 떠야만 했고 보고 싶지 않은 것을 직시해야만 했던 순간에 대한 경험은 '무언가를 깨달아 알게 되는 일'이라는 '개안(開眼)'의 보편적 의미와 접속하여 깨달음과 앎의 의미를 확장한다. 종교적 차원에서의 사유와 실천에 가까운 개안에는 개인의 자발성이 크게 작용하지만, 이 시에서처럼 의료 행위의 하나인 개안에는 기구를 동원한 강제성이 동원된다. 이로써 이 시는 '개안'의 양가적 의미를 통해 눈을 뜨고 본다는 언어-행위를 재고해보게 한다.

이러한 제안은 보는 자로 하여금 자신이 보는 것이 무엇인지 돌아보게 한다. 자신에게로 향하는 주삿바늘을 바라보는 눈동자는 그것의 날카로운 끝을 끝내 보지 못한다. "눈동자를 반성하지 마라"라는 시의 진술은 바라보는 일을 회피하지 않음으로써 당면한 세계의 본질을 직시하라는 식의 고리타분한 아포리즘과는 다르다. 개안기에 포박되어 "주삿바늘에 맺히는 액체 방울"과 그것 "속의 공백"까지도 직시해야만 하는 이 눈동자는 "보는 자 없는" 봄을 증명함으로써 일상적으로 '보다'라고 말-행위하는 도중에 놓치게 되는 중요한 것이 있음을 암시한다. 보(려)는 자 없이 보이는 것은 "말하는 자 없이 시작도 없이/ 끝도 없이 계속되는 중얼거림"으로 연결되면서 시를 구성하는 세계를 돌아보게 한다. 시는 언어를 통해서 비로소 가시화되는 세계를 증명하는 자리가 아니던가. 채호기의 시에서 눈, 시각, 가시화되는 것들에 대한 진술과 묘사가 등장할 때는 어김없이 언어에 대한 새로운 발견이 함께 쓰인다. 채호기의 시는 보는 것과 보이는 것 사이에 놓인 인간의 자발성을 의심하고 그 사이의 구분이 불가능한 지점에서 발견되는 언어가 시의 것임을 쓴다.

4

이처럼 시는 아픈 눈, 치료받는 눈, 회복하는 눈을 통해서 흐려지고 흔들리고 뭉개지고 번지는 세계의 현상을 최대한 구체적으로 포착하면서도 '보는 일'과 '보이는 일', '보이는 것'과 '보이지 않는 것'의 구별이 불가능하다는 것을 확인한다. 그로써 '나'라는 주체가 세계를 감각하는 한 방도로서의 '보는 일'이 동시에 세계가 '나'를 '세계 내 존재'로 수용하는 일이 되기도 한다는 인식을 드러낸다. '나'가 무엇을 보는 일로써 세계를 감각하고 인식할 때, 세계는 '나'를 그러한(감각하고 인식하는) 존재로서 세계 속에 존재하도록 하

는 것이다. 보는 자의 보는 행위를 통한 자기확인이 '세계
내 존재'로서의 승인이기도 하다는 시적 인식은 전혀 새로
운 것이 아니지만 채호기 시에서는 선조적인 시간관을 무화
하는 자리에 '나'를 있게 한다는 점에서 특별하다.

눈 안에 성냥을 긋는다
보고 있는 것들이 활활 타오른다
사라지는 현재

——「재현」 전문

이처럼 '보는 일'은 언제나 "보고 있는 것들"을 지움으로
써 가능하다. 눈앞의 것들을 제대로 확인하기 위해 눈을 밝
히는 일("눈 안에 성냥을 긋는다")은 그것에 덧씌워져 있던
기존의 의미와 관습 등을 제거하려는 일이기도 하기 때문
이다. 보고자 하는 것을 사라지게 함으로써 '현재'는 언제나
재현 불가능의 상태로만 나타나며, 일종의 사건 현장처럼
혹은 예언자의 꿈처럼 모종의 기미와 예감으로 주어진다.
여기에 『창작과비평』 1988년 여름호에 신인 추천으로 발
표된 채호기의 시들 가운데 한편을 옮겨본다.

할머니는 마당에 붉은 고추를 넌다
베지 않은 키 큰 옥수숫대가 서 있고
누렁빛 들판에는 풍성한 예감이 있다

먼 데 산이 선명하다
형은 펌프 옆에서 양말을 빨고
하, 참 이 가을엔
햇빛의 뼛속까지 보이는구나
　　　　　　—「할머니는 마당에 붉은 고추를」 전문

　청명한 가을 풍경의 한 부분이다. 이 풍경 속에는 붉은 고
추를 너는 할머니와 양말을 빠는 형이 있다. 이 풍경이 '나'
의 시선 속에 하나의 시적 대상으로 포착될 때, 그 시적 세
계에는 살가운 친족들의 일상적 노동을 바라보는 눈이 있
다. '나'의 순진무구한 시선은 "베지 않은 키 큰 옥수숫대"와
"누렁빛 들판"까지를 아우른다. 이 시선에서 원경과 근경의
사물들이 공평하게 감각되는 것은 아마도 가을 풍경을 일상
적이고 반복되는 노동의 기준에서 바라보고 있기 때문일 것
이다. 고추를 널고 양말을 빨듯, 머지않아 옥수수와 벼를 베
어야 할 것이다. 이 "풍성한 예감"은 아직 겪지 않은 일을 벌
써 보고 있는 것만 같은 착시를 동반한다. "먼 데 산이 선명
하다"는 것은 그만큼 가을 날씨가 맑다는 의미이기도 하겠
지만, "햇빛의 뼛속까지 보이는" 듯하다는 비유와 겹쳐 읽
을 때 아직 도래하지 않은 시간, 즉 가까운 미래에도 할머니
와 형과 '나'라는 개인이 투명하고도 단단하게 연결되어 있
으면서 지금과 같은 평온한 일상을 공유하고 있을 것이라는
기대와 예감의 가시화로도 볼 수 있을 것이다.

이렇듯 채호기 시의 시작에는 가시화할 수 없는 것까지를 가시화하는 방법이 작동하고 있다. '예감'이라는 제6의 감각까지 동원하여 공감각화하면서 채호기의 시가 재현하는 세계는 보이지 않는 것들과 보이는 것들로 풍성하다. 그리고 이 풍성한 세계에서 가장 강력한 힘은 바람처럼 존재한다. 자동차 배기관으로 배출되는 가스처럼 어떤 결속이 만들어내는 에너지, 그 연소의 작용으로 움직이고 변화하는 세계 한편에 새어나오는 여분의 힘이 있다. 측정할 수는 없지만 분명히 존재하는, 어떤 열띤 운동이 발생했었다는 것을 증명하는 그 비가시적인 존재는 '다정' 또는 '정념'이라 부를 만한 무엇이며 지금-여기에 머물지 않고 지나가는 바람이다. 시인은 "바람은 지나가는 지나가버리는 사라져버리는 힘"이자 "없어져버림의 힘"(「풍경의 알고리듬」)이며 존재하는 모든 것들이 열망하는 것이라고 쓴다. 과연 그렇다. 현전하거나 작용하지 않고도, 아니 그럼으로써 가장 강렬하게 무엇을 움직이는 힘은 종이에 적힌 글자들 사이에 보이지 않는-사라지는 방식으로 있다.

金娜詠 | 문학평론가

이 '시의 집'에는 네개의 현관이 있다.

어느 현관으로든 드나들 수 있지만, 어떤 현관을 이용하느냐에 따라 집의 구조가 다르게 느껴질 수 있다.

현관에서 복도를 거쳐 방에 이르게 되는데, 복도가 길 수도 짧을 수도, 직선일 수도 구부러질 수도, 나선일 수도 미로일 수도 있다.

복도의 벽들은 투명한 물로 되어 있거나, 음악으로 되어 있거나,

히아신스의 알뿌리, 길쭉한 잎, 꽃줄기의 내부일 수도 있고

먼지와 먼지 사이 무중력의 진공 간격일 수도 있다.

어쩌면 복도는 방으로 가는 통로가 아니라 그 자체가 방일지도 모른다.


이 집에 들어오면 어떤 비밀에 휩싸인 듯 느껴지는데, 무언가에 의해 숨겨져 그런 것이 아니라, 각자의 눈을 덮는 콩깍지에 가려져 그렇게 느껴질 뿐이다.

콩깍지를 벗기는 순간 망상적 착란에 빠질 것이라는 가

설이 있는데, 비인간 객체와의 공생의 집에서 깨어날 수도
있다.

　우리 몸과 정신의 대부분이 비인간 객체들로 이루어져 있
고, 하나의 개체가 다른 개체와 다르듯 그들과 조금 다를 뿐
이라는 걸 최근에야 알게 되었다.
　우리는 각자 그들과 함께 어떤 집을 지을 것인가?

2025년 1월
채호기

창비시선 513

머리에 고가철도를 쓰고

초판 1쇄 발행 / 2025년 2월 5일

지은이 / 채호기
펴낸이 / 염종선
책임편집 / 오윤 박문수
조판 / 박지현
펴낸곳 / (주)창비
등록 / 1986년 8월 5일 제85호
주소 / 10881 경기도 파주시 회동길 184
전화 / 031-955-3333
팩시밀리 / 영업 031-955-3399 편집 031-955-3400
홈페이지 / www.changbi.com
전자우편 / lit@changbi.com

ⓒ 채호기 2025
ISBN 978-89-364-2513-5 03810